# HERENCIA DE PASIÓN

## Michelle Reid

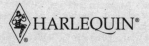

HARLEQUIN®

Editado por HARLEQUIN IBÉRICA, S.A.
Hermosilla, 21
28001 Madrid

© 2004 Michelle Reid. Todos los derechos reservados.
HERENCIA DE PASIÓN, Nº 1539 - 3.11.04
Título original: The Passion Bargain
Publicada originalmente por Mills & Boon®, Ltd., Londres.

I.S.B.N.: 84-671-2204-8
Depósito legal: B-39627-2004
Editor responsable: Luis Pugni
Diseño cubierta: María J. Velasco Juez
Composición: M.T. Color & Diseño, S.L.
C/. Colquide, 6 - portal 2-3º H, 28230 Las Rozas (Madrid)
Fotomecánica: PREIMPRESIÓN 2000
c/. Matilde Hernández, 34. 28019 Madrid
Impresión y encuadernación: LITOGRAFÍA ROSÉS, S.A.
c/. Energía, 11. 08850 Gavá (Barcelona)
Fecha impresion para Argentina:2.1.06
Distribuidor exclusivo para España: LOGISTA
Distribuidor para México: CODIPLYRSA
Distribuidores para Argentina: interior, BERTRAN, S.A.C. Vélez
Sársfield, 1950. Cap. Fed./ Buenos Aires y Gran Buenos Aires,
VACCARO SÁNCHEZ y Cía, S.A.
Distribuidor para Chile: DISTRIBUIDORA ALFA, S.A.

# Capítulo 1

FRANCESCA apretó suavemente el freno de la Vespa y alargó una torneada pierna para mantener el equilibrio cuando se detuvo en el semáforo. Hacía un día precioso y, como era muy temprano, aún no había mucho tráfico.

Parecía tener la calle para ella sola, algo extraño en aquella ciudad llena de atascos, pensó, echando la melena hacia atrás para recibir el sol en la cara.

El aire era fresco, limpio, con esa luz dorada que le daba a Roma un brillo único.

La vida, decidió Francesca, no podía ser más perfecta. Vivía en una de las ciudades más bellas del mundo y sólo faltaban unos días para su compromiso formal con un hombre maravilloso. En un mes, Angelo y ella estarían intercambiando las alianzas en una hermosa capilla sobre el lago Alba, antes de partir para Venecia, la ciudad más romántica del mundo.

Y se sentía feliz, feliz, feliz. Incluso suspiró de felicidad mientras esperaba que cambiase el semáforo. Tan contenta estaba que no se fijó en el deportivo que había parado a su lado. Sólo cuando el conductor decidió bajar la capota y oyó las notas de un aria de Puccini, Francesca se fijó en él.

Enseguida, la sonrisa desapareció de sus labios y el brillo de felicidad de sus ojos verdes. Era casi obligatorio para un hombre italiano de sangre caliente decirle piropos a una chica guapa, pero aquél no era un italiano normal y corriente.

—*Buon giorno, signorina* Bernard —la saludó él, con una voz ronca, muy masculina.

—*Buon giorno, signor* —murmuró Francesca.

Carlo Carlucci bajó el volumen de la radio y las notas de Puccini se desvanecieron en el aire. Era un hombre al que la mayoría de la gente describiría como guapo, típicamente italiano.

Incluso tenía un perfil romano, de modo que era imposible confundir su nacionalidad. Moreno, piel bronceada sobre una estructura ósea perfecta, ojos oscuros y unas pestañas por las que mataría cualquier mujer, mentón cuadrado, con un hoyito en la barbilla, y unos labios... perfectos, debía reconocer Francesca.

Habría que ser inmune a los hombres para

no sentir un ligero pellizco en el estómago al mirarlo.

Era un hombre elegante, con estilo, de aspecto dominante. Y la turbaba aunque no debería. La ponía en guardia cuando no tenía por qué.

Incluso aquella sonrisa la ponía de los nervios.

—Cuando la he visto parecía la viva imagen de la felicidad. Supongo que será porque hace un día precioso.

«Lo era, ya no», pensó Francesca, irritada.

Pero le gustaría saber por qué Carlo Carlucci la ponía tan nerviosa. Desde el primer día, cuando los presentaron en una fiesta en casa de los padres de Angelo, su prometido. Incluso su forma de mirarla la sacaba de quicio. Daba la impresión de saber cosas sobre ella que ni ella misma sabía.

Y estaba haciéndolo otra vez, mirándola con esa expresión... como si pudiera leer sus pensamientos.

Francesca se aclaró la garganta.

—Por fin ha llegado el verano.

—Por eso se ha levantado tan temprano, supongo —sonrió él.

—Me he levantado tan temprano porque hoy es mi día libre y quiero ir de compras antes de que las hordas de turistas salgan a la calle.

–Ah, ahora entiendo esa cara de felicidad. Ir de compras tiene que ser mucho más divertido que llevar a las hordas a la capilla Sixtina, o convencerlos para que se sienten en los escalones de la plaza de España.

Le estaba tomando el pelo, pensó Francesca. Para variar.

Llevaba meses trabajando como guía para turistas ingleses y sabía bien que, aunque el turismo era una de las grandes fuentes de ingresos en Roma, no todos los romanos trataban el tema con respeto. Odiaban a los turistas y, a veces, podían ser incluso groseros. Especialmente en temporada alta, cuando no se podía ir a ninguna parte sin chocarse con una cámara fotográfica.

–Debería sentirse orgulloso de que su país reciba tantos turistas.

–Y lo estoy, mucho. ¿Por qué no iba a estarlo? Pero me molesta compartir, no está en mi naturaleza.

–Qué egoísta.

–Egoísta no, posesivo... de lo que creo que me pertenece.

–Egoísta al fin y al cabo.

–¿Usted cree? –sonrió Carlo, poniendo el brazo sobre el asiento. Sus antebrazos estaban cubiertos de un suave vello oscuro y tenía las manos muy grandes, de dedos largos y uñas bien cortadas.

Era guapísimo, sí. Cuando lo miraba, sentía un pellizco en el estómago. Y la vibración del motor de la Vespa entre sus muslos de repente pareció hacerse más intensa.

–No estoy de acuerdo. Si tuviera una relación scria con alguien, ¿le parecería egoísta querer que mi amante me fuera fiel?

¿Tenía una relación seria con alguien?, se preguntó ella. Su corazón dio un saltito. Por favor... ¿qué le estaba pasando? No tenía excusa alguna para sentirse interesada por un hombre que ni siquiera le caía bien. Apenas lo conocía y no quería conocerlo. Los Carlo Carlucci de este mundo siempre estaban fuera de su alcance y se alegraba de que fuera así.

–Estábamos hablando de Roma –le recordó Francesca, deseando que el maldito semáforo se pusiera verde de una vez.

–¿Ah, sí? Pensé que hablábamos de amor –sonrió él–. ¿Tú compartirías a tu amante, Francesca? –preguntó entonces, tuteándola–. Si yo fuera tu amante, por ejemplo, ¿esperarías que te fuese fiel?

Aquello era increíble. Increíble. «Te odio», pensó Francesca, mirando el semáforo.

–Me temo que eso no va a pasar, *signor* Carlucci, así que no veo necesidad de discutirlo –anunció, con su más frío tono británico.

–Una pena. Y yo pensando que podríamos

proseguir esta discusión en un sitio más cómodo...

¿Un sitio más cómodo?

Estaba coqueteando con ella descaradamente. Cuando los ojos del hombre se clavaron en sus piernas, tuvo la sensación de que estaba tocándola. Se le puso la piel de gallina, como si él estuviera pasando la mano por su piel...

«¡No me mire así!», le habría gustado gritar. Pero no podía pronunciar palabra porque Carlucci seguía deslizando la mirada lenta, perezosamente, por su cuerpo: la faldita blanca, el top azul claro bajo el cual... ¡se le marcaban los pezones! Francesca hizo un gesto para taparse y lo oyó reír.

Carlo Carlucci la deseaba. Y ella... podía sentir la tensión sexual que desprendía, podía verla en el brillo de sus ojos. Y, horror, ese lugar entre sus muslos sintió un estremecimiento de placer.

En sus veinticuatro años, nunca había experimentado nada igual y Carlucci seguía mirándola. Durante unos segundos, el mundo pareció cerrarse sobre ella.

No podía respirar, no podía pensar, no podía moverse.

–Tome un café conmigo –dijo él entonces–. Podemos vernos en el café Milán...

«Tome un café conmigo». Esas palabras se

repetían en la cabeza de Francesca como a cámara lenta. Entonces, por fin, el sonido de un claxon la devolvió a la realidad. El semáforo se había puesto verde y arrancó, alejándose a toda velocidad, sin decirle adiós.

Un Lamborghini podía pasar a una Vespa sin pisar siquiera el acelerador pero, a pesar de las protestas de los otros conductores, Carlo permaneció donde estaba.

Seguía mirando la Vespa y a su bella conductora, que se alejaba por las calles de Roma con la melena al viento. Le había dado un susto, pensó. ¿A propósito? No sabía muy bien cuáles eran sus motivos, sólo que había encontrado una oportunidad y la había aprovechado. «Ahora trátame como si no existiera, *signorina*».

Las notas de Puccini llegando a un crescendo penetraron su conciencia. Carlo alargó la mano para subir el volumen y el aire se llenó de música mientras arrancaba de nuevo el deportivo rojo. Había una fina capa de sudor entre su piel y la prístina camisa blanca de diseño italiano. Carlo sonrió. Francesca Bernard era la mujer más sensual que había conocido nunca y por nada del mundo dejaría que desperdiciase esa sensualidad con un mercenario como Angelo Batiste.

La Vespa había desaparecido por una calle

lateral, pero cuando pasó con el Lamborghini ni la Vespa y ni su conductora estaban a la vista. Sonriendo, Carlo pisó el acelerador. Volverían a verse.

Francesca se detuvo en una placita y bajó de la moto. Estaba tan agitada que le temblaban las piernas y decidió sentarse en una terraza para tomar un zumo de naranja. Necesitaba desesperadamente un poco de cafeína, pero ya estaba suficientemente nerviosa y el café italiano era fortísimo.

Seguía experimentando esa absurda sensación de que Carlo Carlucci la había tocado. Pero si la hubiese tocado de verdad... Francesca sospechaba que habría tenido un orgasmo allí mismo.

Le dolía el pecho de contener la respiración y le temblaban las manos mientras tomaba el zumo. Se habían visto un par de veces nada más y ni siquiera le caía bien, le parecía demasiado... prepotente.

Normalmente, sabía lidiar con los italianos, que sólo querían tontear un rato, pero Carlo Carlucci no era un italiano normal. Era un hombre de treinta y cinco años, director de su propia empresa de electrónica... y las mujeres lo adoraban. Normalmente, con modelos. Era la clase de hombre que, incluso en una habitación llena de hombres altos y morenos, destacaría claramente entre los demás.

Era especial. Incluso en la sofisticada Roma, era un hombre al que todos querían copiar. En realidad, una simple guía turística como ella nunca debería haber conocido a un hombre como Carlucci, pero tenía negocios con el padre de Angelo, de modo que se habían encontrado en algunas fiestas. Aunque no se movían en los mismos círculos. El propio Angelo se limitaba a saludarlo fríamente, sin entablar conversación, se recordó a sí misma. Además, con quien Carlo Carlucci mantenía relaciones profesionales era con su padre.

Angelo era un chico alegre y divertido, que prefería la risa a la pasión. Y, seguramente, hacía años que Carlucci no se rebajaba a hacer algo tan juvenil como pasarlo bien.

Estaba fuera de su alcance y, de todas formas, ella quería a Angelo.

Sin embargo, no había pensado en él ni un segundo mientras estaba parada en el semáforo. ¿Cómo podía haberse olvidado de Angelo en aquel momento?

Por impulso, sacó el móvil del bolso y marcó su número. Necesitaba confirmar que lo que Carlo Carlucci le había hecho sentir no había sido más que un desajuste hormonal.

Necesitaba desesperadamente oír la voz de Angelo.

Pero su móvil estaba apagado. Entonces recordó que tenía que ir a Milán a una reunión y seguramente estaría en el aeropuerto.

No había nada oscuro en Angelo, todo era... dorado. Piel dorada, ojos dorados y pelo castaño con mechas doradas por el sol. Cuando la miraba, Francesca se sentía querida... no invadida, no atropellada como le había pasado con Carlo Carlucci.

Aunque a veces se preguntaba por qué su relación no era más apasionada. Estaban prometidos, pero aún no habían hecho el amor.

—Ya habrá tiempo cuando estés preparada —podía oír la voz de Angelo.

Y tenía razón. No estaba preparada. Desde el principio, Angelo había entendido que necesitaba tiempo. Ella no era frígida, en absoluto, sólo... temía un poco a lo desconocido.

Francesca había sido criada por una madre muy religiosa, que la educó esperando lo mejor de ella. Y una de las cosas que le había enseñado era la santidad del matrimonio antes que los placeres de la carne.

¿Principios anticuados? Sí, desde luego, principios que ya no estaban de moda. Sonya, su mejor amiga y compañera de piso, se reía de ella. Sonya no entendía cómo un chico tan guapo como Angelo podía soportar a una chica del siglo pasado, como ella la llamaba.

–Debes estar loca para jugar a la ruleta rusa con un hombre como él. ¿No te asusta que busque sexo en otra parte?

Sí, algunas veces, reconoció Francesca. Incluso le había contado esos miedos a Angelo, pero él se limitó a sonreír. Según Angelo, Sonya estaba celosa y era una mujer sin principios.

A su novio no le gustaba Sonya y Sonya no podía soportarlo. Siempre estaban discutiendo... por ella. La chica con principios anticuados que los quería a los dos.

Francesca sonrió. No era una sonrisa tan alegre como la que tenía antes de encontrarse con Carlo Carlucci, pero al menos era una sonrisa.

Su móvil empezó a sonar entonces.

–Hola, Sonya. ¿Te pitaban los oídos?

–¿Eh? Ah, ya entiendo. Supongo que Angelo me está poniendo verde, como siempre.

–No –sonrió Francesca–. Angelo está en Milán, así que no puede decir nada malo de ti. ¿Qué querías?

–¿Qué pasa? ¿Sólo te llamo cuando quiero algo?

–Si quieres que te sea sincera... sí.

–Esta vez no –contestó su compañera de

piso–. Cuando me desperté ya no estabas en casa. ¿Dónde andas? Hoy es tu día libre.

–Sí, es mi día libre, pero tú deberías estar en la agencia –le recordó Francesca, mirando el reloj–. ¿A qué hora te acostaste anoche?

–No estábamos hablando de eso. ¿Dónde estás y cuánto tiempo vas a tardar en volver?

–Voy a comprar el vestido antes de que las tiendas se llenen de gente.

–Ah, se me había olvidado. Tienes que comprar un vestido para la fiesta de compromiso. Y para que al guapísimo de Angelo se le salgan los ojos de las órbitas.

Francesca dejó escapar un suspiro.

–Qué pesados sois con esta guerra... el uno y el otro. Espero que hayáis firmado una tregua para el sábado por la noche o tendré que daros un pescozón delante de todo Roma.

–A lo mejor preferirías que no fuese...

–No seas niñata –la interrumpió Francesca.

–¿Por qué hablas como mi madre? –suspiró Sonya–. No hagas esto, no hagas lo otro... Cuando llegué a Roma pensé que había dejado todo eso atrás. ¿Por qué no te animas un poco, hija?

Tenía razón. Hablaba como su madre.

–Perdona, ya sé que no te gusta que te den la charla.

–No, perdona tú... es que esta mañana me

he levantado de mal humor. Ve a comprarte ese vestido divino, que yo me voy a trabajar como una buena chica.

Francesca colgó unos segundos después, preguntándose qué demonios le había pasado a su bonito día.

La respuesta a eso llegó con un par de ojos oscuros y una voz sensual diciendo: «Tome un café conmigo».

Un repentino golpe de viento movió el mantel y lanzó su melena hacia atrás. Francesca sintió un escalofrío, como una premonición de que algo terrible iba a pasar.

Nerviosa, sacó el monedero de la mochila y dejó un billete sobre la mesa.

Cuando subía en la moto, vio que el cielo se había vuelto gris de repente. Y eso en sí mismo era como una profecía.

# Capítulo 2

CUANDO llegó a su apartamento había pasado ya la hora de comer. Francesca miró alrededor, sorprendida. Cuando salió de casa por la mañana, todo estaba en orden, pero... los cojines del sofá estaban tirados por todas partes, había dos tazas de café sobre la mesa y una botella de vino con dos copas en el suelo. Y la habitación de Sonya estaba en la misma situación.

Seguía preguntándose qué pasaba allí cuando sonó su móvil. Era Bianca, la directora de la agencia turística para la que Sonya y ella trabajaban.

–¿Sabes algo de Sonya? No ha venido a trabajar. Y tampoco contesta al teléfono.

–No tengo ni idea. Creí que estaba en la agencia –contestó Francesca–. ¿No llamó para decirte que no podía ir a trabajar?

–No –contestó Bianca–. Esto no puede ser, Francesca. Es la tercera vez esta semana que me deja colgada.

¿La tercera vez? No sabía que Sonya hiciera novillos en el trabajo.

—Sé que ha tenido un problema, le está saliendo una muela del juicio... A lo mejor no podía soportar el dolor y ha ido al dentista.

—No, qué va. Es ese hombre —suspiró Bianca.

—¿Qué hombre?

—No te hagas la inocente. Tú sabes que Sonya está con un hombre casado. Si tuviera un poco de sentido común, lo dejaría antes de que la despidamos nosotros. No quiero guías que no vienen a trabajar.

Francesca se quedó helada. ¿Sonya tenía una aventura con un hombre casado? Ella no sabía nada.

¿Un hombre casado?

Bianca tenía que estar equivocada, decidió. Pero sólo había que mirar alrededor para descubrir que allí pasaba algo raro. Para empezar, Sonya y ella se lo contaban todo y su compañera no le había dicho que saliera con nadie.

—Iré yo a la agencia en su lugar, si me necesitas —dijo, mirando su reloj.

—¿Seguro que no te importa? Sé que tenías que ir a comprarte el vestido...

—No te preocupes, ya lo he comprado —sonrió Francesca, mirando la caja que había llevado entre las piernas en la moto—. Llegaré en cuanto pueda.

–Eres un ángel –suspiró Bianca–. Al contrario que tu amiga.

Después de colgar, Francesca se dejó caer sobre el sofá. Aquel día había empezado tan bien y, de repente, todo se torcía...

Carlo Carlucci, pensó. Él era el culpable. Desde que se encontraron, todo había ido mal. Una llamada irritante de Sonya, un golpe de viento, un vestido del que no estaba segura del todo... Y ahora Sonya había desaparecido. Entonces se le ocurrió algo: Sonya la había llamado para pedirle que fuera por ella a la agencia, pero se acobardó en el último momento.

Y acababa de descubrir que le mentía. O, para ser justa, que le escondía algunos secretos.

Pero no le apetecía ser justa. No le apetecía que se metiera con Angelo y que la comparase con su madre para después tener que hacer un turno de trabajo por ella en su día libre.

Suspirando, tomó las copas del suelo para llevarlas a la cocina, pero se detuvo. No. Eso era lo que haría su madre, pero ella no era la madre de nadie.

–¡Maldita sea! –exclamó, irritada.

Y nunca maldecía.

Porque a su madre le habría parecido mal.

Francesca se mordió los labios. Había habido demasiadas penas en la vida de Maria Bernard, pensó, mientras iba a colgar el vestido en el armario.

Su madre fue una vez Maria Gianni, la única hija de Rinaldo Gianni, un hombre que llevaba su casa con mano de hierro y que había planeado la vida de su hija desde que nació. Pero Maria destrozó esos planes casándose con un inglés llamado Vincent Bernard, a quien únicamente le interesaba su dinero. Sólo había tardado un mes en dejarla embarazada y otro en conseguir el permiso de su padre para casarse con ella... antes de que Rinaldo los echara de casa.

Vincent se llevó a su madre a Inglaterra, donde nació Francesca. Pero estaba convencido de que Rinaldo los perdonaría en cuanto naciese su hijo.

Su hijo.

Ninguno de los dos hombres esperaba una niña y, por supuesto, Rinaldo no quiso saber nada. De modo que Vincent Bernard abandonó a su madre unos meses después para casarse con una millonaria.

El divorcio había sido una humillación para ella, católica romana, educada en un colegio de monjas. Y nunca perdonó a su padre por haberla echado de casa. Jamás volvió a hablar con él.

Rinaldo Gianni murió cuando Francesca tenía diez años, sin reconocer jamás que tenía una nieta. Francesca no lo conoció, como tampoco conoció a su padre que, y ésa era la ironía, había muerto casi al mismo tiempo que su abuelo. Un año después de la muerte de su madre, Francesca viajó a Italia para conocer al único pariente vivo que le quedaba.

Y el día que llegó a Roma, todavía luchaba consigo misma porque sabía que su madre no lo habría aprobado. Pero no quería vivir sola en Londres cuando tenía un tío abuelo en Roma que, quizá, sólo quizá, la recibiría con los brazos abiertos.

Ella no quería el dinero de Bruno Gianni, pero tampoco había conseguido su afecto, pensó, irónica, mientras entraba en la ducha. Su tío Bruno era un anciano que vivía recluido en un viejo *palazzo* en las colinas de Albany, al sur de Roma. No recibía a nadie, no hablaba con nadie. Según su carta, él no tenía una sobrina nieta. Pero Francesca no se rindió. Siguió escribiéndole hasta que, por fin, el anciano aceptó recibirla en su casa.

Fue una reunión extraña. Bruno Gianni era un hombre educado, aunque sus primeras palabras fueron: «si has venido por dinero, no tengo nada». El *palazzo*, viejo y muy necesitado de reformas, pertenecía al banco y el poco dinero que le quedaba iría a Hacienda para pagar impuestos tras su muerte.

Pero había podido ver los ojos de su madre en los ojos del anciano. Le habría gustado abrazarlo, pero no se atrevió. Bruno, a pesar del estado ruinoso del *palazzo*, la recibió vestido elegantemente, como un caballero italiano.

Francesca sonrió mientras salía de la ducha, secándose vigorosamente antes de ponerse el uniforme rojo de guía turística.

Le había hablado de su vida en Londres, de los colegios a los que fue, de la universidad. Le contó que trabajaba como guía en Roma y que vivía con una compañera que había conocido en la facultad. Bruno asentía con la cabeza sin decir nada y cuando le pareció que debía dar la entrevista por terminada pulsó un timbre.

Cuando el ama de llaves entró para acompañarla a la puerta, le dijo simplemente:

—Disfruta de tu vida, *cara*.

Francesca salió del *palazzo* sabiendo que su tío abuelo Bruno no quería volver a verla.

Pero siguió escribiéndole. Le enviaba notas todas las semanas para contarle cómo estaba. Cuando conoció a Angelo, su tío Bruno fue el primero en saberlo. Nunca contestó a una sola carta y Francesca no sabía si se habría molestado en leerlas siquiera pero, por alguna razón, no quería romper ese lazo con él.

Cuando Angelo se enteró de su existencia pareció sorprendido. Bruno Gianni vivía muy cerca de la casa de campo de sus padres.

–Si tu madre hubiera vivido en Italia habríamos crecido juntos... a lo mejor habríamos sido novios desde niños.

A Francesca le gustaba esa idea. Le daba una sensación de inevitabilidad, una sensación de que lo que estaba pasando era cosa del destino, a pesar de los designios de su abuelo.

En las raras ocasiones en las que era invitada a villa Batiste, en la zona de Frascati de Castelli Romani, Francesca siempre se acercaba al *palazzo* para dejar una nota. Pero su tío abuelo nunca contestó. Ni siquiera a la invitación para la fiesta de compromiso, se recordó a sí misma.

¿Le dolió? Un poco. Pero, como se suele decir: «el que la sigue, la consigue».

–A lo mejor aparece el día de la boda –le decía Angelo.

«Ojalá», pensó ella.

Aunque estaba desilusionada por la actitud de su tío Bruno, nunca lamentó haber ido a Roma. Hablaba italiano perfectamente, conocía la historia de la ciudad y le encantaba su trabajo. Y amaba a Angelo.

¿Qué más podía pedir?

Las calles estaban abarrotadas a aquella hora y Francesca tuvo que colarse entre los coches para llegar a la agencia. Estaban en plena temporada y Roma triplicaba su población gracias a los turistas.

Cuando volvió a casa, estaba tan cansada que sólo quería darse una ducha y meterse en la cama...

Pero se encontró a Sonya tumbada en el sofá.

—Antes de que empieces, me dolía la muela —dijo su amiga—. Tuve que ir al dentista.

—¿Y por qué no llamaste a la agencia?

—Ya, lo sé... siento haber estropeado tu día libre.

—Ibas a pedirme que hiciera tu turno cuando me llamaste al móvil, ¿verdad?

—Sí —contestó su amiga, tocándose el flemón.

—¿Te duele?

—Mucho —contestó Sonya, con lágrimas en los ojos.

—¿No has ido al dentista?

—Sí, pero no puede hacer nada porque tengo una infección. Me ha dado un analgésico, pero no sirve de nada. Y encima me ha regañado porque, según él, no me cuido los dientes.

Francesca iba a decir que tenía razón, pero se detuvo.

–¿Le has dado un buen puñetazo en la nariz?

–No podía, me tenía prisionera con todos esos aparatos. Y esa cosa que parece un taladro... –murmuró Sonya, haciendo una mueca.

–Pobrecita.

–Sí, pobre de mí. ¿Te has comprado el vestido?

–Claro. Oye, ¿tu novio ha ido contigo al dentista? –preguntó Francesca entonces.

–¿Qué novio?

–Tú sabrás.

Sonya apartó la mirada.

–No preguntes nada porque no pienso contártelo.

–Está casado –dijo Francesca.

–¿Quién te ha dicho eso?

–Bianca. Que parece saber mucho más que yo sobre tu vida amorosa.

–Lo siento, pero no puedo hablar de él. Es... muy complicado. Y Bianca no sabe nada. Sólo me oyó hablando con él por teléfono.

–Entonces, ¿está casado o no?

Su amiga no contestó, pero su expresión lo decía todo.

Francesca iba a darle una charla, pero se detuvo a tiempo. Ella no era su madre, como Sonya le había recordado tantas veces.

–Voy a cambiarme. He quedado con Angelo dentro de una hora y...

–No.

–¿Qué?

–Que llamó... te llamó hace un rato para decir que sigue en Milán y que no volverá hasta mañana –dijo Sonya, sin mirarla.

–¿Habéis vuelto a pelearos por teléfono?

–No.

–Entonces, ¿por qué no me miras?

–Bueno, de acuerdo, nos peleamos un poco –suspiró Sonya–. No puedo evitarlo, Francesca. Lo siento.

–¿Y se puede saber por qué no me ha llamado al móvil para decirme que seguía en Milán?

–Te llamó, pero dice que lo tenías apagado.

Francesca abrió su mochila y se dio cuenta de que el móvil no estaba. Se lo había dejado en casa después de hablar con Bianca.

–Seré tonta... –murmuró, entrando en su habitación.

Sonya la siguió, con una expresión muy rara. ¿De ansiedad, de pena? ¿De dolor?

–¿Qué te pasa? Tienes mala cara –dijo Francesca entonces, poniéndole una mano en la frente–. Sé que no te gusta que te trate como a una niña, pero hazme un favor. Deja que te meta en la cama con un vaso de leche ¿eh?

Los ojos de Sonya se llenaron de lágrimas. Pero eso no la afeaba. Ni siquiera el flemón. Su amiga era tan guapa que un director de cine le había hecho una prueba.

–No seas tan buena conmigo, Francesca.

–¿Por qué? Qué tonta eres. ¿Por qué no iba a ser buena contigo?

–Porque no me lo merezco –suspiró Sonya, secándose las lágrimas con la manga del albornoz–. Siempre te estoy dando la lata.

–No es verdad. Además, te quiero mucho.

–Sí, ya... –su amiga parecía a punto de decir algo, pero en ese momento sonó el teléfono–. Ya contesto yo... ¿Sí...? Francesca, es para ti.

–*Ciao, amore* –era Angelo–. No contestas al móvil porque no quieres hablar conmigo y lo entiendo.

–No es eso, tonto. Es que me lo había dejado en casa.

–Ah, menos mal.

–Siento mucho que sigas en Milán. Tenía ganas de verte.

–Yo también. Ahora tengo que cenar con unos colegas en lugar de hacerlo contigo. Ah, *misero*...

–Pobrecito mío –sonrió Francesca.

Angelo dejó escapar un suspiro.

–Bueno, ¿qué tal el día?

–Mis planes se han ido a la porra, como los tuyos...

Francesca le contó lo que había pasado aquel día, excluyendo el incidente en el semáforo con Carlo Carlucci y suavizando el asunto de Sonya para que no pudiera meterse con ella.

–Pero he encontrado un vestido para el sábado.

Para su sorpresa, Angelo no hizo ningún comentario irónico sobre la muela de Sonya. Charlaron durante un rato y luego se despidió porque tenía que irse a cenar, pero Francesca se sintió alegre de nuevo.

Sonya estaba en su habitación y, cuando asomó la cabeza y vio un bulto bajo la colcha, decidió dejarla dormir. Así, al menos, no le dolería la muela, pensó.

A la mañana siguiente, su amiga estaba lista y dispuesta a empezar el día... y a enfrentarse con la bronca de Bianca, de modo que atravesaron Roma en las dos Vespas, con idénticos uniformes, como hacían casi todos los días.

Angelo llamó a la hora de comer para decirle que tenía que quedarse en Milán un día más.

–Pero, ¿cómo voy a ir a tu casa entonces?

–Mis padres irán a buscarte en el coche.

No era algo que la entusiasmase. Había descubierto enseguida que, aunque Angelo era un cielo, sus padres no iban a recibirla con los brazos abiertos. Sospechaba que no era lo que ellos habían esperado para su hijo y si no fuera por su conexión con el apellido Gianni seguramente habrían hecho todo lo posible para que no se casara con él.

Angelina Batiste la interrogó sobre su madre y luego la sorprendió diciendo que ella y Maria Gianni habían ido juntas al colegio.

–Te pareces mucho a ella –suspiró la madre de Angelo–. Y siento que lo hayáis pasado mal, de verdad. Espero que casarte con Angelo te haga feliz... por Maria. Y que tu tío Bruno deje de ser tan terco de una vez por todas. Pero hasta entonces, es mejor que no volvamos a hablar del tema.

No volvieron a hablar de los Gianni. Afortunadamente para Francesca, que no quería tocar el tema.

El trayecto hasta Frascati fue más o menos agradable. Los padres de Angelo no eran cariñosos con ella, pero tampoco eran fríos. Ella quería a Angelo, ellos querían a Angelo, de modo que tenían algo en común.

–Una pena que mi hijo haya tenido que quedarse en Milán –suspiró su madre.

–Es culpa suya –replicó su marido–. Angelo sabe que no se puede hacer esperar a la gente.

–Él no quería llegar tarde. Perdió el avión sin querer –lo defendió Angelina.

¿Perdió el avión? Angelo no le había dicho nada.

–Nadie más perdió el avión, sólo él –insistió Alessandro Batiste–. Hicieran lo que hicieran la noche anterior, se levantaron temprano.

Francesca dejó escapar un suspiro.

–Perdona, no estoy criticando que los jóvenes salgáis por la noche, pero Angelo tiene que levantarse temprano. Ya no es un niño para llegar tarde a los sitios.

Francesca no había visto a Angelo esa noche. Como tenía que levantarse muy temprano para tomar un avión, le había dicho que se iba a dormir. Pero no dijo nada.

–No podemos ofender a un hombre como Carlo Carlucci –siguió Alessandro–. La relación con él es muy importante para nosotros y si le hace quedarse en Milán un día más... eso es mejor que perder el contrato con él.

Angelina le dijo algo en voz baja a su marido, pero Francesca había dejado de escuchar la conversación.

Carlo Carlucci. Seguramente iba a tomar el mismo avión que Angelo cuando se encontraron, pero no se molestó en decirle nada.

¿Por qué tonteaba con ella sabiendo que era la novia de Angelo? ¿Arrogancia, prepoten-

cia? Si le hubiera dicho que sí al café, seguramente se habría reído en su cara. ¿O habría
estado dispuesto a perder el vuelo?

Francesca se mordió los labios, irritada
consigo misma. ¿Por qué pensaba en aquel
hombre?

¿Y Angelo? ¿Por qué perdió el avión?
¿Dónde había estado esa noche? Y, sobre
todo, ¿por qué no se lo había contado? A lo
mejor pensaba que, diciéndoselo, perdería su
estatus de héroe, sonrió Francesca.

Los hombres, sobre todo los hombres italianos, eran así.

Poco después atravesaban la larga fila de
cipreses que llevaba a Villa Batiste. No era
exactamente una mansión, pero tampoco una
casa de campo. Y, situada en una meseta, con
jardines exageradamente cuidados, parecía
casi un palacio renacentista.

Cuando bajaron del coche, Francesca casi
podía sentir cómo los Batiste se hinchaban de
orgullo. Y, por primera vez, se preguntó cómo
lidiarían los padres de Angelo con la idea de
que su hijo iba a casarse con alguien como
ella.

La casa estaba ocupada por un ejército de
camareros y sólo tuvieron tiempo para tomar
una taza de café antes de ponerse a trabajar.
El señor Batiste bajó a revisar la bodega, la

señora Batiste a la cocina. Francesca echó una mano donde podía, pero a las dos de la tarde no tenía nada que hacer. Angelo seguía en Milán y sus padres estaban descansando un rato.

Por impulso, decidió escribir una nota a su tío abuelo Bruno.

«Nunca se sabe», pensó. «A lo mejor decide venir a la fiesta». Si le pillaba en un momento de debilidad...

Después de escribirla, fue dando un paseo hasta el *palazzo*. Los árboles estaban repletos de hojas y el sol le daba un brillo dorado al paisaje. Era un sitio precioso y Francesca se tomó su tiempo, admirando los viñedos, tan clásicos de aquella zona de Italia.

Media hora después, estaba frente al portalón de hierro. Tras él, un jardín que horrorizaría a Angelina Batiste. La hierba crecía por todas partes, las margaritas se mezclaban con las rosas en una sinfonía caótica... y el viejo *palazzo* intentaba mantenerse en pie con su pintura de color ocre desportillada.

Francesca se quedó mirándolo un momento, como una niña a la que no daban permiso para entrar. Nunca llamaba porque quería respetar los deseos de su tío, pero... Después de un rato metió la nota en el buzón y, mientras lo hacía, vio la triste imagen de esa nota cayendo encima de sus otras notas, todas sin contestar.

Con los hombros caídos, Francesca se volvió para tomar el camino de vuelta... pero entonces algo rojo llamó su atención.

Un Lamborghini rojo.

Y Carlo Carlucci apoyado perezosamente en la puerta del coche.

«Oh, no, él no», pensó, con el corazón acelerado.

Llevaba unos vaqueros oscuros y un jersey de cachemir azul que se pegaba a su torso como una segunda piel. Un jersey de diseño, naturalmente.

Estaba sonriendo... o, más bien, permitiendo que su boca hiciera una mueca sardónica. Y la miraba como la había mirado el otro día, de arriba abajo, como si la estuviera desnudando.

–*Ciao* –la saludó, con aquella voz oscura, ronca.

–¿Qué hace usted aquí? –preguntó Francesca, intentando ser amable.

–Nos encontramos en los sitios más extraños. ¿Será cosa del destino, *cara*?

# Capítulo 3

EL DESTINO, pensó Francesca. El destino era, según Angelo, lo que los había unido. Pero ella se negaba a aceptarlo. Como se negaba a aceptar que el destino tuviera nada que ver con sus encuentros con Carlo Carlucci.

Entonces recordó que Carlo había sido invitado a la fiesta. Ella misma había enviado la invitación: Carlo Carlucci y acompañante.

Pero, en ese momento, Carlo no iba acompañado de la típica modelo.

—A veces viajo solo —dijo él, como si hubiera leído sus pensamientos.

—¿Ha decidido dejar de hacerle la vida imposible a Angelo y permitirle que vuelva de Milán?

—Angelo merece todo lo que le pase. No deje que la convenza de lo contrario.

—Supongo que usted nunca se ha dormido ni ha perdido un avión.

–No suelo hacerlo, no. Ni siquiera después de pasar la noche con una mujer guapa. Aunque... debo reconocer que, en este caso, merecería la pena.

De sus palabras se infería que Angelo había perdido el avión por su culpa, pero no era verdad. Aunque no iba a decírselo. No quería contarle nada de su vida.

No le hacía gracia, desde luego, pero seguramente Angelo pensó que era la única forma de convencer a los demás, todos italianos, de que tenía una buena excusa para llegar tarde. Francesca lo imaginó entonces contándole a todos aquellos hombres algo que debería ser privado... si hubiera ocurrido, que no era así.

–Tengo que irme –murmuró.

Estaba enfadada. Enfadada con Angelo por bocazas, enfadada con Carlo Carlucci por arrogante... y por nublar la imagen que tenía de su prometido.

–Espere un momento –dijo él entonces, tomándola del brazo. Tenía las manos grandes y el calor traspasaba la chaqueta vaquera.

Francesca se soltó de un tirón, nerviosa. No quería que la tocase.

–Perdone, no quería molestarla. Ha sido una grosería por mi parte decir lo que he dicho antes.

Sí, Francesca estaba de acuerdo. Pero,

¿cuál de los dos había sido más grosero, Angelo o él?

—No pasa nada.

—Angelo no mencionó su nombre. Si así se siente mejor...

—Sí, claro, muy bien. Así pensarían que Angelo estuvo con otra mujer. Es estupendo —lo interrumpió Francesca, cada vez más enfadada.

—Lo siento... de nuevo.

—Supongo que a usted todo esto le parece muy divertido, ¿no? Los hombres son así, unos fatuos que van siempre alardeando de conquistar a todas las que se ponen a tiro...

Carlo Carlucci soltó una carcajada.

—¡No se ría de mí!

—Entonces, no diga cosas tan cómicas. Parece una virgen indignada.

Pero Francesca era virgen. Ése era el problema.

—¿Le ha contado que intentó ligar conmigo el otro día?

—No —contestó Carlo—. ¿Se lo ha contado usted?

—¿Por qué quiere saberlo, tiene miedo de que haya empañado su imagen de conquistador irresistible?

—¿Mi imagen, empañada? ¿No salió usted corriendo como un conejito porque estaba excitada?

Ella lo miró, atónita.

–¡Eso no es verdad!

–¿Quiere que lo comprobemos?

El brillo de sus ojos era tan salvaje que Francesca dio un paso atrás. ¿Cómo se atrevía?

Entonces oyó un ruido tras ella y miró hacia atrás, con la vana esperanza de que su tío Bruno hubiera ido a rescatarla.

No era así. Nadie iba a rescatarla. Ningún caballero de brillante armadura iba a acudir al rescate. Estaba sola, como siempre.

–Déjeme en paz –dijo por fin.

Carlo hizo un gesto de derrota con las manos.

–¿Conoce a Bruno Gianni?

–No.

No quería contarle nada de su vida. No quería seguir hablando con él. Y, sobre todo, no quería que la viera asustada.

–Qué raro... Podría haber jurado que la he visto meter una carta en el buzón.

–Se equivoca. Estaba... admirando el jardín.

–¡El jardín! *Cara*, eso no es un jardín, es una ruina.

–¿Ah, sí? ¿Y usted qué sabe? –respondió Francesca, irritada–. Supongo que, para usted, un jardín tiene que estar cuidado y recortado como si fuera a salir en una revista.

–Aparentemente, Bruno Gianni no es de esa opinión.

Se estaba riendo de ella, otra vez. Lo odiaba, realmente lo odiaba. Odiaba cada centímetro de aquel rostro irónico y...

–Y yo tampoco. A mí me gusta ese jardín. Tiene alma, tiene ambiente. Es especial.

–E irresistiblemente romántico, ¿no? –sonrió él–. Incluso podríamos decir que posee una mística de lugar perdido en el tiempo. Hasta podríamos imaginar a la Bella Durmiente en una habitación llena de telarañas, esperando a su príncipe azul.

–Por favor... Ahora va a decirme que cree en los cuentos de hadas.

–¿Por qué no? Todos deberíamos creer en la magia, ¿no le parece? Si no, la vida sería muy triste. Venga, Francesca –dijo Carlo entonces, tuteándola por primera vez–. Estaba de broma, no te enfades conmigo.

–No estoy enfadada.

–¿Sabes una cosa? Me recuerdas a un gato: precioso, pero temperamental. Cada vez que te miro, casi puedo ver cómo se te eriza el pelo.

–No me conoce lo suficiente como para eso, señor Carlucci –replicó ella, dejando claro que lo del tuteo estaba fuera de la cuestión–. Le gusta fastidiarme.

–Sí –asintió él, tan tranquilo.

De modo que era un juego, pensó Francesca.

Carlo estudió su precioso rostro, su precioso y herido rostro. ¿Por qué le molestaba tanto que hablase con ella? Si pudiera, le explicaría...

«Tranquilo», pensó, mirando el *palazzo* Gianni, medio escondido entre aquel salvaje jardín. Francesca Bernard no era la Bella Durmiente. Cenicienta más bien, tan deseosa de amor, de afecto, que le había abierto los brazos a un aventurero, a un irresponsable como Angelo Batiste.

–Supongo que si me ofrezco a llevarte en coche dirás que no.

–No se ofenda, pero me apetece pasear.

–Eso ha sido muy británico, *cara* –sonrió Carlo.

–Soy británica.

–Lo sé. Como una brisa fresca en un día de verano. Muy contradictoria –dijo Carlo entonces, abriendo la puerta del coche.

–Gracias... supongo.

–Nos veremos después.

–¿Dónde? –preguntó ella, distraída.

–Tu fiesta de compromiso con el «maltratado» Angelo –le recordó Carlo, antes de desaparecer por el camino.

Francesca lo observó alejarse, con el corazón acelerado. Carlo Carlucci era insoportable. ¿Cómo podía distraerla tanto como para olvidar el día más importante de su vida?

Entonces volvió a oír un ruido y se giró para mirar hacia el jardín de su tío, como si él tuviera la culpa dc todo. Y quizá era así. Si hubiera sido un hombre más amable, más comprensivo. Si hubiera aceptado verla y tratarla como a una sobrina... Entonces no habría tenido que ir a echar una carta a su casa y no habría tenido que soportar los comentarios irónicos de Carlucci.

«Tranquila», se dijo a sí misma. Ella no era el juguete de nadie. Y Carlo Carlucci tampoco era nadie en su vida, pensó, levantando la cabeza. ¿Quién era él, además de un hombre como tantos otros, que veía a las mujeres como títeres?

Poco después, Villa Batiste apareció en la distancia, con sus paredes de mármol. El contraste entre aquella casa y la casa de su tío Bruno era tan grande que Francesca se detuvo un momento. No le gustaba aquella casa. Era demasiado limpia, demasiado brillante, demasiado... predecible.

Incluso el jardín estaba demasiado cuidado.

Pero, en fin, era un sitio estupendo para hacer una fiesta de compromiso, pensó. Estaba llegando a la entrada cuando vio a Angelo y su corazón, como siempre, dio un vuelco. Llevaba vaqueros y una camisa blanca y su pelo, a la luz del sol, adquiría un precioso tono dorado.

Francesca empezó a correr y él abrió los brazos, sonriendo. Cómo quería a ese hombre, pensó alegremente.

—No sabes cómo te he echado de menos –suspiró, cuando dejaron de besarse.

—Creo que lo sé –rió Angelo.

Fue entonces cuando notó que tenía ojeras.

—¿Un mal día? –murmuró, acariciando su cara.

—Una mala semana –suspiró él–. No quiero volver a enfadar a Carlucci en mi vida.

Francesca podía entenderlo. Pero entonces recordó que estaba enfadada con él por usarla como excusa para llegar tarde al aeropuerto y estaba a punto de regañarlo cuando el sonido de un claxon hizo que se dieran la vuelta. Era un minibús que se acercaba por el camino.

Cuando las puertas se abrieron, sus compañeros de trabajo salieron en masa. La agencia les había prestado el minibús para que pudiesen ir a la fiesta. Iban a alojarse en un hotel, pero habían querido parar antes en Villa Batiste para dejar a Sonya que, como Bianca y otros, había tenido que trabajar aquel día.

Eran quince personas en total y todos se quedaron impresionados con la casa.

Sonya fue la última en bajar del minibús. Como casi siempre, llevaba un vestido que dejaba una buena porción de sus muslos al descubierto. Con el vestido blanco, en contraste con su piel bronceada y su pelo rubio paja, resultaba preciosa. Todo el mundo lo decía, incluso Angelo. Pero también decía que lo estropeaba siendo tan engreída y que la gente la halagaba demasiado. Que Sonya pensara exactamente lo mismo de Angelo era la típica señal de que tenían personalidades muy parecidas.

Cuando Sonya por fin se acercó a saludarlos, Francesca se molestó al ver la expresión irónica en los ojos azules de su amiga. Como también era habitual en ella, se estaba riendo de aquel despliegue de riqueza.

Angelo debió verlo también porque murmuró una maldición.

–¡Qué casa tan increíble! –exclamó uno de sus compañeros–. ¿Por qué no está en la lista de edificios históricos?

–Que no te oiga mi madre –rió Angelo.

Una de las cosas que Francesca adoraba de Angelo era su sentido del humor. Y la poca importancia que le daba al dinero. Pertenecía a una de las mejores familias de Roma, pero nunca le había dado importancia y jamás trataba a sus amigos y compañeros como si fueran inferiores. Era un chico simpático y generoso. Le gustaba caer bien a la gente.

Al contrario que otro que ella conocía, a quien le daba exactamente igual lo que pensaran los demás. Iba por la vida molestando a quien quería molestar, sin pensar en las consecuencias. Carlo Carlucci pertenecía a la mejor sociedad de Roma, a una de las familias más antiguas, y se sentía por encima de los demás.

«Deja de pensar en él», se dijo Francesca, irritada, cuando Angelo tomó la maleta de Sonya y se dispusieron a despedir a los demás hasta la noche.

Luego, los tres se quedaron en silencio. Sonya fingía un enorme interés por el jardín, mientras Angelo se miraba los zapatos. Francesca miró de uno a otro y dejó escapar un suspiro. Nunca entendería qué dio pie a las hostilidades entre aquellos dos, pero cada día era peor.

Entraron juntos en el grandioso vestíbulo de mármol travertino y subieron la escalera con barandilla de roble envejecido. Angelo abrió una puerta y dio un paso atrás para mostrarles una habitación digna de un rey.

Sonya no abrió la boca y Francesca dejó escapar un suspiro.

–Si no es mucho pedir, ¿podríais llevaros bien aunque sólo sea por esta noche?

–Perdona... mi padre me está esperando –dijo Angelo entonces, cerrando la puerta.

–Será posible...

–No es culpa mía. Yo no he hecho nada –replicó Sonya.

–Ya lo sé. No le hagas caso.

–Es que estoy...

Parecía tan enfadada que Francesca se sorprendió. Y entonces lo entendió todo.

–Es ese hombre casado, ¿verdad? Angelo sabe quién es.

Sonya se puso pálida y eso confirmó sus sospechas. Todo encajaba. Sus malas caras, las discusiones, las conversaciones en voz baja cuando creían que ella no los oía.

Además, según Bianca, Sonya empezó a salir con ese hombre dos semanas atrás. Y fue precisamente quince días antes cuando Angelo le pidió que se casara con él. Esa noche fueron a cenar a un restaurante con toda la familia Batiste y... Francesca intentó recordar quién había estado en la cena. Tenía que ser alguien de la familia de Angelo porque si no, no estaría tan enfadado con su amiga.

¿Cómo no se había dado cuenta antes? Pero, claro, estaba tan enamorada que no había pensado en nada más.

Entonces se le ocurrió algo mucho peor.

–Va a venir esta noche, ¿verdad? ¡Vendrá con su mujer y crees que vas a poder verlo a solas!

–Qué tontería –dijo Sonya.

No, no lo era.

–Te conozco. Sé que tiras el sentido común por la ventana cuando hay un hombre en juego.

–¿Otra vez haciendo de mi madre?

–Angelo teme que provoquéis una escena esta noche, por eso está tan tenso, ¿verdad? Seguro que te pidió que no vinieras a la fiesta.

–No tienes ni idea...

–Entonces, ¿por qué está tan enfadado contigo?

Sonya no contestó. Abrió la primera puerta que encontró en su camino y tuvo suerte de que fuera el cuarto de baño. Pero Francesca la siguió.

–Prométeme que no vas a hacer ninguna estupidez esta noche. Tienes que prometérmelo, hoy es un día muy importante para mí.

Por un momento, pensó que Sonya iba a seguir insistiendo en que se equivocaba, pero pareció pensárselo mejor.

–Mientras tú alejes a Angelo de mí... ¡Y no intentes sacarme quién es!

La puerta del baño se cerró de golpe.

Haciendo una mueca, Francesca salió al pasillo para hablar con su novio, pero oyó voces airadas en el vestíbulo. Era Angelo, hablando con su padre.

–¿Crees que soy tonto? ¡Claro que no voy a arriesgarlo todo! El negocio está seguro, papá, créeme. Y no olvides quién está pagando un precio por ello.

El padre de Angelo dijo algo, pero Francesca no pudo oírlo. ¿Qué estaba pasando allí? ¿De qué hablaban?

¿Carlo Carlucci habría amenazado con romper sus relaciones con los Batiste, como Alessandro temía?

Aquel hombre empezaba a ser una sombra para todo en su vida, pensó, mientras entraba en la habitación. ¡Si descubría que estaba casado empezaría a pensar que era el hombre con el que su amiga tenía una aventura! Sonya era, desde luego, su tipo: rubia, pálida, guapísima de escándalo.

Irritada, decidió darse un largo baño de espuma. No le apetecía enfadarse el día más feliz de su vida. Además, quería estar guapa para dar la bienvenida a todos los invitados.


–Me prometí a mí misma que no iba a hacer esto –murmuró Francesca, arrugando el ceño.

–¿Hacer qué? –preguntó Sonya, mientras

colocaba unas horquillas en el elaborado moño de su amiga.

—Comprar un vestido que me quedase estrecho.

Ella no era una belleza y nunca había pretendido serlo. Era alta y esbelta, con unas piernas bonitas, pero tenía las caderas un poco anchas y unos pechos que siempre parecían querer salirse de los vestidos. Como en aquel momento.

—Por favor... —murmuró, tirando hacia arriba del escote.

—No seas tan crítica contigo misma. Estás guapísima —dijo Sonya—. ¿Tú sabes cuántas mujeres tienen que pagar por unos pechos así?

—Pues les regalo los míos —suspiró ella.

Había querido comprar un vestido negro, clásico y sofisticado para poder estar a la altura de las guapísimas y superelegantes invitadas que acudirían a la fiesta. Sin embargo, había acabado comprando un vestido rojo con escote palabra de honor que la hacía parecer Marilyn Monroe. Aunque la falda de organza con bajo de encaje francés le daba un toque elegante. Era el vestido más caro que había comprado en su vida.

—Parezco una... fresca.

—Idiota —rió Sonya—. Pareces sacada de *Lo que el viento se llevó*. Estás preciosa, de verdad. Y ese color te sienta de maravilla.

–Es como el rubí de mi anillo de compromiso. Por eso lo compré. ¿Tú crees que a Angelo le gustará?

–Yo creo que a Angelo le encantará –contestó su amiga, sin su típica ironía–. Toma, ponte el chal sobre los hombros... ah, divina. Pareces una princesa.

–Más bien, una Barbie de fiesta.

–No –Sonya apareció a su lado en el espejo, con un vestido de satén azul del mismo tono que sus ojos–. Yo soy la Barbie aquí, bonita.

Las dos soltaron una carcajada. Algo muy agradable porque llevaban varios días sin hacerlo. Desde que Sonya y Angelo empezaron a pelearse.

–Voy a echarte de menos cuando me case –dijo Francesca entonces.

Sonya se quedó callada un momento.

–Lo dirás de broma –murmuró después, incómoda–. Cuando te cases estarás demasiado ocupada como para echarme de menos.

Estaba hablando de hacer el amor, pero cuando Francesca intentó pensar en ese momento, el momento de pasar el Rubicón, y lo único que vio fue una cara morena y una sonrisa sarcástica. Esa imagen la sorprendió tanto que tuvo que garrarse al lavabo.

–¿Qué te pasa?

–Nada, nada.

No podía contárselo a su amiga. Se reiría. ¿Y por qué no? Saber que otro hombre despertaba en ella visiones lujuriosas...

Francesca arrugó el ceño. Empezaba a preocuparle pensar tanto en Carlo Carlucci cuando estaba a punto de casarse.

Entonces oyeron un golpecito en la puerta. Era Angelo, que había ido para escoltarlas hasta el salón.

–Nos vemos abajo –dijo Sonya–. Aún no he terminado de arreglarme.

En cuanto Francesca vio a su prometido, todas las preocupaciones desaparecieron como por ensalmo. Estaba guapísimo con el esmoquin y la corbata de color rosa. Sonriendo, como casi siempre, alejando así las sombras.

«Sólo son nervios», se dijo.

–Ah, *bella... bella, amore mio*. Me dejas sin aliento.

Eso era todo lo que quería, se dijo a sí misma. Todo lo que necesitaba era estar a su lado.

Y eso fue exactamente lo que hizo durante las primeras dos horas: recibir a los invitados con Angelo a su lado. El anuncio oficial de su compromiso tendría lugar a medianoche y, hasta entonces, todo el mundo se dedicó a disfrutar del bufé, elegantemente servido en uno de los salones, o a bailar al ritmo de la orquesta que tocaba en la sala de baile.

Para entonces, la villa estaba llena de gente; la casa y el jardín iluminado por miles de luces.

Francesca se sentía feliz, radiante.

Pero, a las diez, llegó Carlo Carlucci. Era imposible que su entrada pasara desapercibida. Llegó sin la típica modelo del brazo, y eso la sorprendió. Y tampoco hizo ningún esfuerzo por acercarse a ella, algo que también la sorprendió. Agradablemente.

No le apetecía que aquel hombre estropease un día tan feliz. O peor, que le contase a Angelo que se habían encontrado «casualmente» dos veces en los últimos días.

Francesca no se lo había contado, pero lo haría al día siguiente, cuando estuvieran más tranquilos.

Sonya, afortunadamente, se estaba comportando. Si su amante estaba allí, y Francesca estaba segura de que así era, no se había acercado a él.

De modo que dejó de vigilarla con el rabillo del ojo. Estaba demasiado ocupada charlando con los amigos del padre de Angelo y riéndose con los halagos que sólo los italianos saben hacer. Era tal novedad ser el centro de atención que empezó a sentirse un poco embriagada... ¿o sería el champán?

Cada vez que se detenía para tomar aliento,

alguien ponía en su mano una copa y Francesca acabó con las mejillas coloradas y los ojos brillantes. A Angelo le pasaba lo mismo, de modo que sólo podían intercambiar un beso fugaz o un comentario antes de que los separasen.

Era como si hubiese una conspiración para alejar a los novios hasta que llegase la hora.

Y, a juzgar por aquel ambiente tan alegre, nadie podría haber predicho la catástrofe. Una catástrofe que estalló con la misma fuerza que la de un candelabro estrellándose sobre el suelo de mármol.

Cuando salió al pasillo para respirar un poco, vio que Sonya se metía tras una de las pesadas cortinas de terciopelo que tapaban los ventanales que daban al jardín. Indignada, miró alrededor, esperando que su amante se reuniera con ella.

Tuvo que ser la mala suerte lo que hizo que sus ojos se encontraran con los de Carlo Carlucci. Estaba hablando con alguien... o, más bien, escuchando distraídamente lo que otro hombre le decía.

Pero la estaba mirando a ella.

Y, de nuevo, se le puso la piel de gallina. Pero tenía cosas más importantes que hacer. Decidida, se acercó a las cortinas para dar fin a la aventura clandestina de su amiga.

Sonya había dejado abierta una de las puertas del jardín y Francesca salió a la terraza de mármol para acercarse a la balaustrada. El relente de los últimos días de primavera la obligó a frotarse los brazos para entrar en calor mientras buscaba con la mirada a Sonya y a su amante casado.

Los oyó antes de verlos. Estaban bajo la balaustrada, pero el hombre era... Angelo.

—¡Suéltame! —gritó su amiga.

—No —replicó él, sujetándola del brazo—. No voy a dejar que lo estropees todo...

—Tengo que contárselo —lo interrumpió Sonya—. Merece saber la verdad antes de que esta charada siga adelante. En realidad, voy a hacerle un favor.

¡Estaba amenazando con confesar su aventura a la mujer de su amante! Y no podía dejar que hiciera eso. Aquélla era su fiesta de compromiso, ¿por qué quería Sonya arruinarla?

Francesca iba a bajar los escalones que llevaban al jardín cuando la respuesta de Angelo la dejó parada:

—¿Tú crees que te lo va a agradecer? ¿Crees que perdonará que su mejor amiga se haya acostado conmigo?

Y fue entonces cuando todo se derrumbó, cuando sintió como si miles de cristales se clavaran en su carne y en su corazón.

# Capítulo 4

FRANCESCA temblaba de tal forma que apenas podía mantenerse en pie. No quería creer lo que había oído. Incluso cerró los ojos, intentando recordar cuáles habían sido exactamente las palabras de Angelo, en un estúpido y desesperado intento por creer que todo era un malentendido.

Pero no había ningún malentendido. Las palabras de Sonya lo dejaron perfectamente claro:

—¡Tú no la quieres! ¡Ni siquiera te gusta!

—Lo que quiero y lo que puedo tener son dos cosas muy diferentes.

—Dinero —replicó Sonya—. Como si los Batiste no tuvieran dinero suficiente... Estás dispuesto a casarte con una mujer a la que no quieres sólo para poner las manos en la fortuna de Bruno Gianni. Eres asqueroso.

—Eso no es asunto tuyo —replicó Angelo.

—Claro que es asunto mío. Estás a punto de prometerte con Francesca, pero te acuestas conmigo...

Angelo estrechó a Sonya en sus brazos, besándola en el cuello con pasión.

–No puedo dejar de pensar en ti. Cierro los ojos y lo único que veo eres tú, desnuda, encima de mí.

–Cuando tu pequeña heredera esté desnuda encima de ti, ¿también cerrarás los ojos y pensarás en mí?

–Sí –contestó Angelo, acariciándola ansiosamente.

Francesca se agarró a la balaustrada, el mundo girando a su alrededor. Entonces, un par de brazos la sujetaron por detrás. Unos largos dedos morenos se cerraron sobre sus manos, un sólido torso masculino se convirtió en la pared que necesitaba para no caer.

–¿Has oído suficiente? –murmuró Carlo Carlucci en su oído.

Ni siquiera le sorprendió que fuera él. De alguna forma, era casi lógico que fuese Carlo quien presenciara aquello... como si el destino, finalmente, los hubiera acercado durante esos días para llegar a ese final.

Estaba a punto de asentir con la cabeza cuando vio que Angelo besaba salvajemente a Sonya. Ella ni siquiera intentó detenerlo. Se besaban con la boca abierta, frenéticos, salvajes. Se acariciaban, convulsos, como si hubieran hecho aquello muchas veces. Y lo habían hecho, a sus espaldas, sin que ella lo supiera.

Un largo y pálido muslo quedó al descubierto cuando Angelo le subió el vestido, un pecho blanco cuando Angelo inclinó la cabeza para besarlo... Sonya no llevaba nada debajo. Había ido preparada para eso. A pesar de sus protestas, no quería perder un segundo para estar con Angelo, con su amante.

Su Angelo.

Francesca empezó a temblar violentamente y, mascullando una maldición, Carlo la apretó contra su pecho.

–Así, sigue... –les llegó la voz de Angelo.

Francesca pensó que iba a desmayarse. Y Carlo Carlucci debió darse cuenta porque la tomó en brazos sin decir nada.

–Estoy bien –consiguió decir, casi sin voz.

–Calla, no querrás que te oigan –dijo él en voz baja.

Unos minutos después la había llevado al otro lado de la casa, frente a unas ventanas oscuras, iluminadas sólo por la luz de la luna. Carlo empujó una puerta y Francesca se dio cuenta de que estaban en el despacho de Alessandro Batiste.

Él la dejó en un sofá de piel cerca de la chimenea y, temblando, Francesca se abrazó a sí misma mientras iba a cerrar la puerta.

–No –murmuró, cuando vio que iba a encender la luz.

Carlo no era más que una sombra y prefería que siguiera siéndolo. No quería ver su cara, no quería mirarlo a los ojos. Se sentía enferma, rota.

Angelo y Sonya, Sonya y Angelo. Tuvo que cerrar los ojos al recordar lo que había visto, como si fuera una película a cámara lenta.

El beso con la boca abierta, el vestido de satén que se deslizaba por el hombro, los gemidos de placer... y se sintió enferma porque Angelo jamás la había besado así, jamás la había deseado así, con aquella pasión animal.

Qué buen actor era, pensó. Y qué tonta había sido ella.

Y qué broma tan terrible le habían gastado los dos.

Se sentía humillada y abatida. Angelo jamás la había acariciado así, jamás había querido tocar sus pechos. Sus caricias, que ella creía tiernas y llenas de amor, le parecían ahora roces despreciativos, envueltos en cálculo y avaricia.

Había querido casarse y acostarse con ella sólo porque tenía que hacerlo. E incluso entonces pensaría en Sonya.

¿Cómo pudo estar tan ciega?

Un sonido le llegó entonces desde el jardín, sonido de risas. Los invitados. Los invitados a su fiesta de compromiso con Angelo Batiste.

La heredera Gianni y el cazador de fortunas, pensó entonces, irónica.

Pero ella no era una heredera. No había fortuna alguna. Y no entendía por qué Angelo creía lo contrario cuando le había dicho claramente que su tío Bruno no quería recibirla siquiera.

–Toma, bebe esto...

Poco a poco, sus ojos se habían ido acostumbrando a la oscuridad y vio a Carlo con un vaso en la mano, muy serio. Al menos, no se estaba riendo de ella, pensó.

El vaso contenía brandy y, al tomar un sorbo, Francesca hizo una mueca de asco. Pero la calentaba un poco por dentro. Tenía frío, estaba helada.

–¿Qué has oído? –le preguntó con voz temblorosa.

–Casi todo –contestó él.

Aquel hombre alto, moreno, sofisticado, había sido el testigo del brutal asesinato de todo lo que era importante para ella.

–¿Por qué estabas ahí?

Las risas les llegaron de nuevo, como una broma cruel. Fue entonces cuando a Francesca se le ocurrió algo terrible: ¿Cuánta gente conocería los verdaderos motivos de Angelo para pedir su mano? ¿Lo sabrían todos? ¿Todos sabrían que Angelo se acostaba con Sonya?

¿Lo habría sabido Carlo Carlucci?

–No estabas ahí por casualidad, ¿verdad? Sospechabas que iba a pasar algo y te quedaste ahí como... como un voyeur.

–¿Eso es lo que crees? –rió Carlo.

No lo creía, pero...

–¡No te rías de mí! ¡Esto es horrible!

–Tienes razón. Es horrible.

Los ojos de Francesca se llenaron de lágrimas. Pero no quería llorar, no quería derramar una sola lágrima por dos seres desalmados como Angelo y Sonya.

–¿Lo sabías?

Carlo se volvió bruscamente y desapareció entre las sombras del estudio, como si la oscuridad pudiera evitar que diese una respuesta.

Pero Francesca tenía que saberlo.

–¿Lo sabías? –insistió.

–Sí.

La respuesta fue como un golpe y, por un momento, se sintió mareada. Pero tenía que contenerse.

–¿Lo sabe todo el mundo?

–Tu identidad se convirtió en un secreto a

voces unos días después de que conocieras a Angelo –contestó él–. Y que escondieses ser la heredera de la enorme fortuna de los Gianni sólo aumentó las especulaciones y las intrigas. Nadie entendía por qué te hacías pasar por una chica trabajadora siendo...

–Yo no soy una heredera –lo interrumpió ella, perpleja–. No hay fortuna de los Gianni.

Carlo emitió una risa ronca.

–Vales tanto dinero, Francesca, que la cantidad haría palidecer al hombre más rico de Roma.

–Eso son tonterías, especulaciones. Bruno Gianni vive en una ruina de casa. No tiene dinero para dejarle a nadie y menos a una sobrina nieta de la que no quiere saber nada.

–Tienes razón sobre Bruno –dijo él entonces–. Pero no estamos hablando del dinero de Bruno Gianni, Francesca. Estamos hablando del dinero de Rinaldo Gianni, tu abuelo.

–¿Qué?

–La fortuna es suya y Rinaldo te lo dejó todo a ti. Bruno vive en ese *palazzo* a tu costa porque es tuyo... o lo será cuando te cases.

–No entiendo nada.

–Heredarás todo ese dinero si te casas con un hombre italiano de buena familia. Hasta entonces, el dinero está en un fideicomiso administrado por su hermano, Bruno, del que no puede tocar un céntimo. Angelo pensó que había encontrado una mina de oro cuando te conoció. Es el autentico héroe de la fiesta, *cara*. El hombre que ha dado el golpe perfecto.

Francesca empezaba a pensar que estaba soñando.

–No entiendo nada.

–Lo sé –suspiró Carlo–. Y ésa es la gran ironía de todo –añadió, metiéndose las manos en los bolsillos del pantalón–. Mientras todo el mundo piensa que estás siendo muy astuta, sencillamente la verdad es que no sabes nada del asunto. Tardé varias semanas en darme cuenta, pero ahora sé que no finges ser una chica inocente, lo eres. Bruno Gianni tendrá que responder de muchas cosas... y lo hará cuando le eche las manos al cuello.

–No vas a acercarte a mi tío –replicó ella.

–¿Quieres proteger al que te roba, Francesca? Tenías diez años cuando tu abuelo murió, ¿no es así?

–Sí.

–Durante los últimos catorce años Bruno ha estado controlando tu herencia y, seguramente, rezando para que no aparecieses por Roma.

–No puede ser. Todo esto tiene que ser un malentendido. Angelo sabe que no es verdad. Él sabe que...

–Francesca, por favor. ¡Has visto a ese mercenario ahí fuera! Que le defiendas es patético. ¡Sólo quiere tu dinero! ¡Necesita tu dinero! ¿Es que no te das cuenta?

Estaba enfadado... ¿por qué estaba enfadado? Era a ella a quien habían engañado, de ella de quien se habían reído.

–¡No hay ningún dinero! –exclamó–. ¿Y por qué te crees mejor que Angelo cuando tú también has pensado que estaba engañando a todo el mundo?

Carlo la miró, muy serio.

–No me compares con Batiste... no vuelvas a hacerlo.

–No estaba comparándote.

La expresión de Carlo Carlucci se había vuelto fiera, violenta incluso. Tenía los dientes apretados y un brillo temible en los ojos.

Carlo Carlucci odiaba a Angelo, se dio cuenta entonces. Lo despreciaba con una ferocidad que lo volvía primitivo.

Él entonces le quitó el vaso de la mano, como si temiera que fuese a tirarle el brandy a la cara. ¿Por qué había creído eso? Ella no era una persona violenta.

–No hay dinero –repitió Francesca, intentando desesperadamente entender qué estaba pasando.

–Haya dinero o no, eso no es lo importante. No sé si te acuerdas de lo que Batiste y tu amiga estaban haciendo hace un rato...

Era cierto, lo del dinero no tenía importancia. Lo importante era que las dos personas a las que más quería la habían traicionado. Había confiado en ellos por completo y...

Pero las mentiras de Sonya no tenían nada que ver con el dinero, sino con Angelo. Se acostaba con él y le daba igual romperle el corazón porque su deseo era más importante que su lealtad hacia ella.

Y el dinero tampoco tenía nada que ver con el deseo que Angelo sentía por Sonya. Él debía saber lo que estaba arriesgando. Debía haber sabido que corría el riesgo de que Sonya se lo contase todo a su futura esposa.

Su futura esposa. Con la que se metería en la cama sólo cuando tuviera que hacerlo. Por obligación.

—Tengo que irme de aquí –murmuró Francesca, temblando.

Todo ocurrió tan rápido que no supo cómo había pasado. Pero, de repente, Carlo la estaba apretando contra su pecho.

—¿Qué haces...?

—Calla. Viene alguien.

Francesca se quedó inmóvil como una estatua cuando oyó que Angelo la llamaba. La puerta que daba al jardín se movió y su corazón empezó a latir acelerado.

—No quiero verlo –murmuró.

–He cerrado con llave –dijo Carlo.

–Pero nos verá a través de los cristales...

Él la apretó contra su pecho como si quisiera así hacerla invisible.

–No puede verte. Está oscuro y yo estoy de espaldas. Si ve algo, será sólo la sombra de un hombre pasándolo bien con una de las invitadas.

–Yo –murmuró Francesca.

–¿Le contaste que nos habíamos encontrado, *cara*? Qué leal por tu parte.

Francesca levantó la mirada, retadora. No iba dejar que nadie más se riera de ella. Pero el rubor de sus mejillas debió delatarla.

–Vaya, vaya. Tengo la impresión de que toda tu vida está construida sobre un peligroso secreto, *amore mio*.

–No tengo ningún secreto. Y no hubo nada impropio en esos encuentros.

–Mentirosa –sonrió Carlo–. Conectamos sexualmente. No sé cómo puedes negarlo.

–¿Y tú cómo puedes ser tan arrogante?

–No es fácil. Se necesita práctica.

Lo más raro de todo era que estaban hablando en serio. Completamente en serio.

–Deberías agradecer que me sienta atraído por ti. Si no, aún estarías en el jardín, muriendo lentamente de un corazón roto.

Era como recibir una patada cuando ya es-

taba en el suelo. Francesca intentó apartarse,
pero él la retuvo con fuerza.

–Eres odioso.

Carlo no se molestó en contestar. Francesca
podía sentir la fuerza de sus manos, el calor que
parecía traspasarla y que la hacía sentir escalo-
fríos. Apenas lo conocía y no le caía bien, pero
allí estaba, dejando que le dijera cosas que...
que ningún hombre tenía derecho a decirle.

La puerta del jardín fue sacudida de nuevo.

–¿Quién está ahí? –oyeron la voz de Angelo.

–Qué pesado. Quizá deberíamos darle a
probar su propia medicina –murmuró Carlo.

–¡No!

Fue todo lo que Francesca puedo decir.
Carlo Carlucci era más alto que Angelo, más
oscuro que Angelo, más duro, más fuerte.
Abrió sus labios por la fuerza e introdujo la
lengua, sin esperar a que le diera permiso. Un
escalofrío la recorrió entera, desde los pechos
hasta el abdomen, para quedarse entre sus
piernas como un cosquilleo.

Nunca había experimentado nada así. Un
gemido desorientado salió de su garganta al
sentirse en territorio desconocido. El calor, la
intrusión, la flagrante intimidad de esa lengua
explorándola despertaba un aleteo de respuesta.

Carlo se apartó un poco, mirándola a los ojos.

—¿Angelo no te daba esto? —preguntó, riendo.

Ella seguía mirándolo, demasiado perpleja como para contestar. Entonces volvió a besarla. Pero esta vez con más fuerza, con más propósito, apretándola contra su pecho hasta casi hacerle daño. Francesca sentía el poder de la pasión masculina apretándose contra ella y... su cuerpo respondió; ese lugar entre sus muslos empezó a ponerse húmedo.

Era asombroso, algo tan básico, tan animal. Sus pechos, aplastados contra el torso del hombre, estaban hinchados como si quisieran salirse del vestido.

La puerta volvió a retumbar sobre sus goznes y Francesca se apartó de golpe. Tenía los labios hinchados y él la miraba muy serio, con los ojos brillantes, su expresión peculiarmente...

No sabía qué le estaba diciendo con la mirada. Sólo sabía que había estado en un sitio muy peligroso y que no le gustaba... no le gustaba. No podía gustarle.

Sexo. Deseo. Algo desconocido para ella. La habían besado con pasión por primera vez en su vida.

Francesca se dio cuenta de que tenía las manos apoyadas en su torso. Un torso sólido como todo en él: sus brazos, su espalda, sus manos, sus caderas, entre las que podía sentir la poderosa columna de su...

–Suéltame –le exigió.

Él hizo todo lo contrario, apretándola más fuerte y deslizando la lengua por sus labios en un gesto sensual y prohibido, tentador.

Luego, de repente, se apartó para darle de nuevo el vaso de brandy.

–Y esta vez, bébetelo todo.

–Ya estoy mareada, no quiero beber más.

–Piensa en cómo vas a estar dentro de cinco minutos. Porque eso es lo que va a tardar Angelo en entrar por la otra puerta –dijo Carlo entonces.

Francesca miró la puerta que daba al pasillo como si fuera un monstruo.

–¿La has cerrado?

–No.

Carlo encendió la luz y Francesca tuvo que cerrar los ojos un momento. Cuando los abrió, lo vio de brazos cruzados, imperturbable. Aquel hombre no parecía descomponerse por nada. Sin embargo, había cierta palidez en su rostro y sus labios...

Francesca apartó la mirada. ¿Por qué de repente todo en él le parecía tan sexual?

¿Qué le estaba pasando?

Levantando el vaso, tomó un trago de

brandy. Quizá lo mejor sería emborracharse, pensó. Ésa era la mejor opción.

Pero Carlo se acercó entonces y le quitó el vaso. Se sentía como una muñeca... la muñeca de aquel hombre. Él la levantaba, la sentaba, ¡la besaba!

–No –murmuró.

–¿No qué?

Carlo estaba tirando del escote del vestido...

–¿Qué haces?

–Colocarte el escote. No queremos dar un escándalo.

Francesca se dio cuenta de que se le había bajado sin que lo hubiera notado.

Como a Sonya.

Sonya... No quería ni pensarlo. Ella no era como Sonya, nunca había sido como ella.

–Mira, no tenemos mucho tiempo, así que debes tomar una decisión. Puedes hacer caso omiso de lo que has visto antes y seguir como si no hubiera pasado nada... o puedes salir y decirle valientemente a todo el mundo que rompes el compromiso con Angelo Batiste.

–Dos buenas opciones –murmuró Francesca, irónica.

–Si no puedes soportar la idea de enfrentarte con todo el mundo, podemos irnos ahora mismo, antes de que llegue Angelo.

Seguía arreglándole el escote del vestido y sus dedos, calientes, le producían un cosquilleo...

—Por favor, estate quieto, Carlo.

—Ah, de modo que sabes mi nombre —sonrió él.

—Por favor, cierra la puerta. No quiero hablar con Angelo.

—Es medianoche, Francesca.

Medianoche, la hora de las brujas. El momento en el que debían anunciar formalmente su compromiso. Francesca miró alrededor, como si ya estuviera en el salón, esperando a que Angelo reclamara su premio.

Y tembló de nuevo al sentir todo el peso de aquella traición.

—No llores. Ese canalla no merece tus lágrimas.

—No estoy llorando. Pero no sé qué hacer.

Carlo tomó su cara entre las manos e inclinó la cabeza para darle un beso, mucho más tierno en aquella ocasión. Pero Francesca dejó escapar un suspiro casi inaudible y él debió tomarlo como una señal porque la besó con más ardor, murmurando palabras oscuras, seductoras, palabras que la hacían desear echarle los brazos al cuello y olvidarse de todo.

—Yo me encargaré de Batiste. Confía en mí.

–¿Por qué tienes tanto interés en resca-
tarme? –preguntó Francesca.

–Tú debes saber la respuesta a esa pregunta.
Porque te quiero para mí mismo –contestó
Carlo, acariciando sus labios con un dedo–. Y
haré lo que haga falta para conseguirte.

Luego volvió a besarla, para demostrar
cuánto la deseaba. Y lo peor de todo era que
ella le dejaba. Se sentía tan vulnerable, tan débil, tan desorientada y tan atraída por esa pasión desconocida que sospechaba que Carlo
Carlucci podría tumbarla en el escritorio y hacer lo que quisiera con ella.

Era una admisión terrible. La asustaba y la
sorprendía, pero no conseguía apartarla de él.
¿Dónde estaba su orgullo, su dignidad?

No donde estaba su boca, desde luego, que
se apretaba contra la boca del hombre, ni en
sus dedos, que se enredaban en el pelo oscuro,
ni en sus caderas, que se apretaban contra las
de Carlo de una forma pecadora... El abrazo
era tan embriagador, tan excitante que no se
dio cuenta de que se abría la puerta hasta que
oyó una voz colérica:

–¿Qué demonios crees que estás haciendo?

# Capítulo 5

FRANCESCA intentó apartarse, pero Carlo no se lo permitió. Se tomó su tiempo besándola, esperando unos segundos para que Angelo no tuviese duda de lo que estaba pasando allí.

–Como ves, están pasando muchas cosas –dijo por fin con diabólica compostura. Y lo había dicho sin apartar los ojos de ella.

–¡Déjala en paz! –gritó Angelo–. Francesca, ven aquí. ¡No me puedo creer que estés haciendo esto... con todo el mundo ahí fuera, esperando que anunciemos nuestro compromiso!

La última parte de la frase lo decía todo, pensó Francesca. La pillaba besándose con otro hombre y en lo único que pensaba era en ponerle un anillo en el dedo.

–No habrá compromiso, Angelo –dijo Carlo–. Francesca ya no te quiere. Estás fuera, amigo. Puedes anunciárselo a todo el mundo.

Ella lo miró, incrédula.

—¿Qué dices?

—Quedamos en que yo me encargaría de todo, ¿no?

Angelo parecía incapaz de decir nada. Podía verlo al lado de la puerta, enmarcado por las paredes blancas del pasillo. La gente iba y venía y algunos se quedaron parados al ver a los tres en el estudio. Francesca se dio cuenta entonces de que tenía los brazos alrededor del cuello de Carlo.

—Cierra la puerta —dijo en voz baja.

Angelo cerró de un portazo y se volvió, fulminándola con una mirada de odio.

—Explícame qué estas haciendo con él.

Era como mirar a un completo extraño. Nada en Angelo le resultaba ya familiar. Su aspecto dorado, o lo que ella siempre había llamado su aspecto dorado, había desaparecido por completo. Sólo veía a un egoísta, a un traidor. El brillo de sus ojos era el brillo de la avaricia.

¿Cómo no se había dado cuenta antes? Nada en él se parecía al hombre del que se creyó enamorada. Nunca se había sentido tan engañada... pero era culpa suya. La cegaron sus mentiras y su propio deseo de saberse amada.

Carlo puso las manos en su cintura. Él, al

menos, decía la verdad. La deseaba, así, crudamente. No escondía nada.

–Díselo, *cara*.

Francesca respiró profundamente.

–No voy a casarme contigo –anunció–. No me quieres, Angelo. Nunca me has querido.

Luego miró a Carlo. Él tampoco la amaba, pero al menos no mentía. Él le dio un beso suave en los labios; quizá se había dado cuenta de que estaba a punto de llorar.

–¿Quieres dejar de besarla? Francesca, *amore*... Claro que te quiero. ¿Cómo puedes pensar que no es así?

Francesca vio de nuevo la imagen de un beso con la boca abierta, de una mano ansiosa deslizándose dentro de un vestido de satén. Seguía oyendo las palabras de Sonya: «¡Tú no la quieres! ¡Ni siquiera te gusta! Dinero... estás dispuesto a casarte con una mujer a la que no quieres sólo para poner las manos en la fortuna de Bruno Gianni. Estás a punto de prometerte con Francesca, pero te acuestas conmigo».

–Mira, si estás nerviosa, puedo entenderlo. Ven conmigo –insistió Angelo–. Tenemos que hablar en privado y...

Era muy buen actor, desde luego. Y Francesca empezó a temblar porque, de nuevo, oía al Angelo que conocía, al Angelo del que se había enamorado. Quizá deberían hablar aquello a solas, pedirle una explicación...

–Cuidado, *amore* –le advirtió Carlo–. Es un seductor nato.

Tenía razón. Estaba intentando seducirla, convencerla. Y qué fácil se lo había puesto siempre.

Sin querer, rozó con los labios el mentón de Carlo y volvió a sentir un escalofrío. Le sorprendía cuánto la excitaba cualquier roce de aquel hombre, lo nerviosa que se ponía con sólo respirar el aroma de su exclusiva colonia.

–¡*Puttana!* –gritó Angelo entonces, al verse vencido.

El cambio había sido tremendo. Un segundo antes hacía el papel de novio herido y, de repente, se convertía en una fiera. Mostraba los dientes, como un lobo dispuesto a saltar sobre ella.

Carlo volvió la cara y Francesca se dio cuenta de que, hasta entonces, no se había molestado en mirar a Angelo.

–Ten cuidado con los insultos, Batiste. O podría tirar tu casita de cartas de un manotazo.

Si Angelo le había parecido un lobo, ahora parecía un cachorro comparado con Carlo Carlucci.

–Pero no puede hacerme esto...

–Claro que puede –replicó él con expresión brutal.

La puerta se abrió en ese momento.

–Angelo, Francesca... ¿qué estáis haciendo aquí? Los invitados...

Al ver la escena, Angelina Batiste no terminó la frase.

–Déjanos, madre. Yo me encargo de esto.

Pero su madre no obedeció. Estaba demasiado aturdida pensando en el escándalo.

–¿Qué has hecho, hijo?

–Yo no he hecho nada –replicó Angelo–. Míralos, madre. Mira cómo se tocan.

–Al menos nosotros lo hacemos con un poco más de *finesse* que tú con la amiga de Francesca –replicó Carlo, irónico–. Y lo hacemos en privado, no en el jardín, donde cualquiera podría veros.

Francesca cerró los ojos un momento y cuando los abrió comprobó que Angelo estaba pálido. No tenía nada que decir, ninguna forma de defenderse.

–Cara... no lo escuches. Lo que dice no es verdad.

–Quizá debería explicar que lo hemos visto los dos –aclaró Carlo entonces.

–¡Cállate! ¡Esto no tiene nada que ver contigo! Escúchame, Francesca, lo que has visto antes ha sido... un momento de locura. Tu amiga... se me echó encima y...

—¿Qué?

Los cuatro se volvieron hacia la puerta. Nadie se había percatado de que quedó abierta tras la entrada de Angelina Batiste y Sonya estaba en el umbral, furiosa.

—Eres un mentiroso. ¡Llevamos dos semanas acostándonos juntos!

Angelo, que estaba siendo atacado por todos los flancos, respondió con violencia. Francesca casi pensó que iba a pegar a Sonya, pero Angelina reaccionó a tiempo llevándosela de allí.

Los tres se quedaron en silencio. Francesca temblaba tanto que tuvo que agarrarse al respaldo del sofá para no caer al suelo. Aquella violencia, aquel horror... y en la noche que debería haber sido la más feliz de su vida.

—No pasa nada —dijo Carlo, apretando su mano—. No pasa nada.

Pero sí pasaba. Él mismo estaba en tensión, como preparado para enfrentarse con Angelo en cualquier momento.

—Vamos a aclarar las cosas —dijo su ex prometido entonces, con las facciones desencajadas—. Parece que tú no te has portado mucho mejor que yo, así que vamos a dejarnos de tonterías. Ven aquí, Francesca —le ordenó—.

Podemos hablar de esto más tarde pero, por ahora, tenemos que anunciar nuestro compromiso.

No parecía entenderlo. O, seguramente, no quería entenderlo.

—Todo se ha terminado, Angelo.

—¿Porque crees que él es mejor que yo? No te engañes a ti misma. Carlucci no te quiere. Está jugando contigo... y lo hace sólo para vengarse de mí. Mírate y mira a las mujeres con las que suele salir. ¿Cómo vas a competir con ellas?

Esas crueles palabras, el brillo despreciativo en sus ojos hicieron que Francesca tuviese que apretar los dientes para no llorar. Y había creído que la quería hasta unos minutos antes...

Pero tenía razón. Carlucci podía elegir a las mujeres que quisiera. ¿Qué habría visto en ella?

—No lo escuches —le aconsejó Carlo—. Quiere hacerte daño para salvar su orgullo.

—Sólo quiere tu dinero, *cara* —siguió Angelo—. No creas que quiere algo más que eso.

El dinero. Francesca hizo una mueca. Todo por un dinero del que ella no sabía nada.

—No hay ningún dinero —suspiró.

—Por favor...

—Te estoy diciendo la verdad. Siempre te he

dicho la verdad sobre el dinero. Nunca ha habido una fortuna Gianni esperando en el banco. Quien haya dado pie a ese absurdo rumor debe estar partiéndose de risa ahora mismo. Mi abuelo murió sin un céntimo. Había hecho malas inversiones y no le quedó nada –insistió Francesca, repitiendo lo que su tío Bruno le había contado–. El *palazzo* Gianni es todo lo que queda.

–Estás mintiendo para castigarme.

–¿Para castigarte? Si quisiera castigarte me marcharía de aquí sin decirte una palabra.

–¿Tú la crees, Carlucci? –preguntó Angelo.

–A mí me da igual que venga con andrajos y cargada de deudas mientras venga a mí –contestó él–. Y ésa es la diferencia entre tú y yo.

«Tuviste tu oportunidad y la has perdido», parecía decirle. Y Angelo debió creerlo porque se dejó caer sobre un sillón, con la cara entre las manos.

–¿Qué voy a decirle a todo el mundo?

Francesca podría haber sentido cierta simpatía por él... hasta que dijo aquello. Egoísta hasta el final. Seguía pensando sólo en sí mismo y no se mostraba avergonzado por lo que le había hecho.

–Diles que tu heredera no tiene dinero. O, si eso te da mucha vergüenza, diles que te ha dejado por mí –sugirió Carlo entonces–. Al menos, así sentirán cierta simpatía.

De nuevo, estaba siendo increíblemente cruel. ¿Por qué, qué le importaba a él lo que estaba pasando?, se preguntó Francesca.

–¿Nos vamos?

Ella vaciló, sabiendo que podría cometer el segundo gran error de su vida si se iba con él. Era un hombre despiadado, tan egoísta como Angelo. Y sabía que eso de que no le importaría que fuese en andrajos era una mentira; él creía esa historia de la fortuna Gianni.

Pero, ¿sacrificaría Carlo Carlucci su libertad por ese dinero? No, seguro. Era un hombre demasiado orgulloso. Además, no le había pedido que se casara con él, se recordó a sí misma. Sólo quería sacarla de allí y quizá acostarse con ella antes de decirle adiós.

Acostarse con él... Francesca nunca había sentido el deseo de acostarse con un hombre hasta que conoció a Carlo Carlucci. Y eso lo hacía peligroso. Siempre había sabido que era un hombre peligroso.

«Di que no», se dijo a sí misma. «Hazte un favor y vete de esta casa sola».

–No lo pienses tanto, Francesca –murmuró Carlo, tomándola por la cintura. La mano del hombre rozaba su pecho izquierdo, a propósito. Y, a propósito, la dejó allí, como marcándola.

Angelo se levantó entonces.

—¿Desde cuándo me engañáis?

Francesca estuvo a punto de soltar una carcajada histérica.

—No ha durado tanto como tu aventura con su compañera de piso, pero lo suficiente como para saber lo que queremos —replicó Carlo antes de que ella pudiera decir nada.

Mentía bien. Demasiado bien. ¿Cómo iba a confiar en él? Cuando lo miró, Francesca se dio cuenta de que estaba furioso, aunque intentaba disimularlo. Sus ojos brillaban, sus labios estaban comprimidos en una línea.

—¿Nos vamos por la parte de atrás o quieres subir a tu habitación a buscar tus cosas?

Era una pregunta y una advertencia a la vez. Había arriesgado su orgullo por ella, pero Francesca podría dejarlo en ridículo si no se iba con él.

—¿Qué edad tienes? —preguntó ella de repente.

—La suficiente como para que no me gusten los jueguecitos —contestó Carlo, inclinando la cabeza para besarla.

—Esto es asqueroso —murmuró Angelo, volviéndose hacia la puerta.

–No te muevas, amigo. Aún tenemos cosas que decirnos.

Angelo se quedó inmóvil. Francesca también. ¿Qué más tenían que decirse?

–No quiero que hables de mí.

–¿Tienes miedo de que me descubra tus más íntimos secretos? –preguntó Carlo, irónico.

–¿Qué te pasa? –exclamó ella, harta.

–Nada. Pero deja de mirarlo como si quisieras irte con él –dijo Carlo entonces. Francesca lo miró, incrédula–. ¿Nos vamos por la parte de atrás o salimos por la puerta principal? Tú decides.

Era el momento de tomar una decisión. ¿Se iba con Carlo Carlucci o no? Al final, fue el orgullo el que tomó la decisión por ella. No pensaba portarse como una cobarde.

–Por la puerta principal.

Y luego se preguntó si estaría loca porque debía estarlo para ir a ningún sitio con aquel hombre.

–Muy valiente –sonrió él, tomándola de la mano.

Tuvieron que pasar al lado de Angelo, pero Carlo se colocó a su lado, como un escudo.

Lo primero que Francesca notó fue que se había parado la música, luego los grupitos de gente distribuidos por el salón. Y el silencio que se hizo cuando salieron del estudio.

Se le hizo un nudo en la garganta al notar todas las miradas clavadas en ella.

–¿Diez minutos te parece mucho tiempo? –preguntó, casi sin voz.

–Aquí estaré.

Era una promesa, hecha en voz alta para que todo el mundo la oyese. Y, peligroso o no, era una promesa que Francesca necesitaba oír en aquel momento.

Luego subió la escalera hasta su habitación con la cabeza bien alta, sin mirar a nadie. No sabía si la iban a crucificar porque Angelo la había pillado en los brazos de otro hombre o sentirían compasión por ella, pero le daba igual.

Con el rabillo del ojo podía ver la alta figura de Carlo Carlucci. No se movió de su sitio, no dejó de mirarla.

Era como si estuviera guardándola.

Cuando llegó al santuario de su habitación estaba casi sin aliento. Cerrando la puerta, Francesca se apoyó en ella y se llevó una mano al corazón, temblando de arriba abajo. Estaba sufriendo a solas la humillación y la pena de la traición que había descubierto en el jardín, la confusión por la actitud de Carlo y, sobre todo, su extraña reacción ante el comportamiento posesivo y brutal del hombre.

Y allí estaba, sin saber qué iba a ser de su

vida después del desastre, con la horrible sospecha de que se había metido en una tórrida aventura con el hombre que menos le convenía a una mujer sensata como ella.

Sensata, normal, aburrida y tan poco deseable que su prometido tenía que buscar a otra para satisfacer sus deseos.

–¿Francesca? –oyó una voz–. ¿Estás bien?

Cuando abrió los ojos, vio a Sonya sentada sobre la cama. Estaba pálida, con los ojos brillantes.

–No creo que te importe mucho –contestó, con el corazón encogido.

–Sí me importa –dijo Sonya, levantándose–. ¿Por qué crees que te estaba esperando? Quería pedirte perdón y explicarte...

–No tienes que explicar nada –la interrumpió Francesca–. Sé lo que vi, Sonya.

–Lo sé, pero...

Francesca se dirigió al armario para sacar la maleta.

–Tú no conoces al auténtico Angelo, Francesca. Es un egoísta y un cerdo. Contigo hacía un papel y...

–Ya no tiene que hacerlo.

–No –suspiró Sonya, observando a su amiga guardar las cosas en la maleta a toda velocidad.

Francesca había pensado quitarse el vestido, pero ya no podía hacerlo. Sólo quería salir de allí lo antes posible.

–¿Te vas?

–¿Tú qué crees?

Casi le daban ganas de reír. Aquella situación era tan absurda... cuando miró a la que había sido su amiga durante tantos años fue como antes con Angelo; veía a otra persona, alguien a quien no conocía. Y a quien no quería conocer.

–Estoy furiosa conmigo misma, Francesca. No sabes cómo odio a Angelo...

–¿Ah, sí? Entonces, ¿por qué me lo presentaste?

–¿Qué?

–Tú llevabas seis meses en Roma cuando yo llegué. Tus amigos se convirtieron en mis amigos... incluso me conseguiste el trabajo en la agencia. ¿Por qué no me advertiste que Angelo Batiste era un canalla? ¿Por qué me lo presentaste si tanto lo odias?

–¿Y qué iba a hacer? Estaba en mi grupo de mi amigos...

–¡Amigos! Ya entonces estabas interesada en él –replicó Francesca, abriendo cajones–. Pero entonces Angelo tenía novia. Una morena muy alta...

–Nicoletta –murmuró Sonya.

Su amiga estaba mirando al suelo, con expresión arrepentida, el pelo largo tapando su cara.

—Querías impresionar a Angelo, así que le contaste que tenías una amiga inglesa de apellido Gianni.

—¡No sabía que iba a congestionarse cuando mencioné el apellido!

—Te lo conté en secreto, Sonya. No tenías por qué decírselo a nadie. Y cuando viste su expresión al oír el apellido Gianni, ¿por qué no me lo contaste?

Sonya se puso colorada, pero no dijo nada.

—Ah, ya entiendo. Salía contigo para sacarte información, ¿no? Seguro que incluso se acostó contigo para que le contaras cosas sobre mí.

—Ya te he dicho que es un cerdo.

Lo era, pensó Francesca. Y Sonya odiaba a Angelo con todas sus fuerzas, pero estaba tan enamorada de él que no podía decirle que no a nada.

—Es un manipulador. Me usó para llegar a ti y usó nuestra amistad para evitar que te contase la verdad. Dijo que nunca me perdonarías y... era verdad.

—Sí, era verdad. Nunca te perdonaré.

«No la quieres, ni siquiera te gusta», recordó sus palabras. Esas palabras estarían grabadas en su corazón toda la vida.

–Lo siento –dijo Sonya en voz baja.

–Dices que Angelo es manipulador, ¿y tú qué eres? Hace años que nos conocemos, nos lo contábamos todo...

–Pero tú tampoco me contaste tu aventura con Carlo Carlucci –replicó Sonya–. ¿Qué crees, que no te he visto con él? Estabas tan emocionada besándolo que no veías nada más.

–Pero al menos yo llevaba las bragas puestas –replicó Francesca.

Sonya tiró de su vestido de satén, colorada hasta la raíz del pelo.

–Puede que te creas por encima de mí, pero tú eres tan culpable como yo por jugar con el hombre de otra mujer.

Francesca se volvió. ¿Carlo estaba comprometido con otra?

–¿Qué quieres decir?

–La morena que salía con Angelo, Nicoletta, es la hermanastra de Carlucci. Todo el mundo pensaba que Angelo y ella se casarían algún día... hasta que apareciste tú.

«Carlo no tiene ninguna relación», fue lo primero que pensó Francesca. ¿Por qué pensaba eso? ¿Por qué eso, de repente, era importante?

–Angelo me dijo que había cortado con Nicoletta...

–¿Y desde cuándo tu Angelo dice la verdad? –replicó Sonya–. Es un mentiroso compulsivo y un avaricioso. Lo único que le interesa es el dinero. Nicoletta no es rica como lo serás tú algún día. Ella sólo es una Carlucci a medias. Va a una elegante universidad en París, pero no podrá sacarle más dinero a su hermanastro.

–¿Tú sabías todo eso y no me lo contaste?

–¿Por qué? No sabía que ibas a tener una relación con Carlucci. Pero yo que tú, le preguntaría si te está usando para vengarse de Angelo por dejar a su hermana.

Angelo también había hablado de venganza. Dijo que Carlo la usaba para vengarse de él... Y seguramente todo aquello estaba preparado; Carlo Carlucci quería que Angelo lo viera besando a su prometida.

Se sentía enferma con toda aquella gente, con todas aquellas mentiras. Estaba rodeada de canallas.

–¡Quiero que sepas la verdad para que no me culpes sólo a mí! –exclamó Sonya–. Si oíste lo que le decía a Angelo en el jardín, habrás oído también que pensaba contártelo, ¿no? Iba a contártelo, pero te enteraste antes de lo previsto.

Francesca suspiró. No volvería a confiar en nadie, se juró a sí misma, con los ojos llenos de lágrimas. Si alguien le hubiera dicho que la noche de su compromiso oficial iba a convertirse en la noche más horrible de su vida, no lo habría creído.

Y aún tenía que salir de allí. Tenía que ver a Carlo Carlucci sabiendo lo que ahora sabía de él.

Francesca cerró la cremallera de la maleta, sin molestarse en ir al baño para buscar sus cosas. ¿Dónde iba a ir... qué iba a hacer?

–Deja que vaya contigo –le suplicó Sonya–. Espera que haga mi maleta... Iremos al hotel donde se alojan los demás.

–¿Ellos saben lo de tu aventura con Angelo? –preguntó Francesca. Sonya no contestó–. Ah, muy bien –suspiró, poniéndose una chaqueta vaquera sobre el vestido.

«Se acabó», pensó. No quedaba nada suyo en aquella casa.

–Por favor... –insistió Sonya–. No me dejes sola. Eres mi amiga, la única amiga de verdad que he tenido nunca. Deja que vaya contigo... por favor.

Francesca se volvió para mirar a aquella «amiga». Era tan guapa... hasta las lágrimas aumentaban su belleza.

–Que seas feliz, Sonya.

Y luego salió de allí sin mirar atrás.

# Capítulo 6

DEBÍA haber heredado algunos genes de los Gianni, pensó con una sonrisa irónica, porque se había despedido de su amiga con la misma frialdad con la que su tío abuelo Bruno se despidió de ella.

No tenía el pelo oscuro como su madre, ni la estructura ósea que había convertido a Maria Gianni en una belleza. Su boca era demasiado grande, su piel demasiado pálida... pero esa despedida fría y cortante era típicamente Gianni.

Junto con su propensión a enamorarse del hombre equivocado. ¿Estaría escrito en su destino que iba a enamorarse de un canalla como Angelo para ser seducida después por una rata vengativa como Carlo?

Lo vio entonces y tuvo que detenerse un momento para controlar los latidos de su corazón.

Estaba esperándola al pie de la escalera, tan guapo como siempre. El increíble perfil, el tono bronceado de su piel, aquella boca que sabía arrancar de su garganta gemidos de placer. En ese momento, Carlo miró su reloj.

«¿Tiene prisa por salir de aquí, *signor*?», pensó, irónica. «¿Quiere sacarme de aquí delante de todo el mundo para dar por terminada su venganza?».

–Iba a buscarte –dijo él, con una sonrisa en los labios.

Francesca estaba a punto de decirle lo que podía hacer con esa sonrisa cuando se percató de que los invitados estaban pendientes de ellos.

No les daría otro espectáculo. No iba a decirle a Carlo lo que pensaba de él delante de los Batiste y sus amigos.

Parecían un pelotón de linchamiento, pensó, furiosa con todo y con todos. Un pelotón de linchamiento con vestidos de diseño exclusivo y carísimas joyas.

–Me gusta esa chaqueta –dijo Carlo entonces, intentando suavizar la tensión–. Queda muy bien con el vestido.

–¿Nos vamos?

–Por supuesto –contestó él, tomando su maleta.

La gente los miraba mientras recorrían el salón. ¿Qué estarían pensando?, se preguntó

Francesca. ¿La verían como una pecadora o como una víctima?

Entonces pensó en Angelo y sintió que la invadía una ola de dolor por sus sueños rotos. ¿Cómo podía haberla tratado así?

¿Cómo podía haberlo hecho Sonya?

Carlo debió intuir su angustia porque la tomó de la mano. Francesca no se soltó; necesitaba algún apoyo para salir de allí sin ponerse a llorar.

El señor y la señora Batiste estaban en la puerta, pálidos, dispuestos a hacer el papel de perfectos anfitriones a pesar de la catástrofe. ¿Sabían lo que le había hecho su hijo? ¿Conocerían el engaño?: «El negocio está seguro, papá. Y no olvides quién está pagando un precio por ello», habían sido las palabras de Angelo.

Sí, seguramente lo sabían desde el principio. ¿Sabrían también por qué Carlo Carlucci se había convertido en su escolta?

Por supuesto que sí. Allí todos lo sabían todo menos ella. La ingenua, la tonta que se había creído la historia de amor, la que creía en la amistad.

—Carlo, tenemos que hablar —dijo Alessandro Batiste.

—La semana que viene —contestó él—. Y sin tu hijo —añadió abruptamente—. Eso, si quieres seguir haciendo negocios conmigo.

–Por supuesto –asintió Batiste.

Angelina no dijo absolutamente nada. Todo aquello era un *coup d'état* del *signor* Carlucci, sin duda. Había querido apartar a Angelo de todo y lo había conseguido.

El Lamborghini estaba aparcado en la puerta y, mientras subía, Francesca tuvo que morderse los labios para no llorar. No sabía dónde la llevaba y, en aquel momento, no le importaba en absoluto. Su vida estaba destrozada. Si alguien le hubiera clavado un cuchillo no habría sido más doloroso.

Entonces, de repente, en medio de la carretera, Carlo detuvo el coche.

–¿Qué te ha dicho tu amiga?

–¿Qué?

–Sonya, ¿qué te ha contado? Desde que has bajado de la habitación me miras como si quisieras matarme.

–¿Y por qué crees que ha sido Sonya?

–¿Quién si no? No he podido protegerte de ella.

¿Protegerla? ¿Llamaba a eso protección? Francesca casi soltó una carcajada amarga.

–Me ha hablado de Nicoletta.

Silencio. Carlo no dijo nada. Nada en absoluto.

Volvió a arrancar de nuevo, sin pronunciar el nombre de su hermanastra. Mejor, pensó

Francesca. No tenían nada que decirse porque todo estaba claro.

El coche empezó a acelerar, las luces de los faros iluminando la carretera. El motor rugía o emitía un suave sonido, dependiendo de la velocidad, como un gigante todopoderoso. Como Carlo Carlucci, un hombre que lo tenía todo y que se creía el dueño de todo. Le recordaba a un depredador, oscuro, felino, astuto, siempre en tensión. Nada ni nadie podía tocarlo.

En ese momento pasaban por delante del *palazzo* de su tío Bruno.

—Espera...

—No tenemos tiempo —la interrumpió bruscamente Carlo.

Francesca se mordió los labios. Pero de todas formas, no habría valido de nada ir a casa de su tío que, seguramente, no habría querido recibirla.

No volvería a ponerse en contacto con él, pensó. A Bruno Gianni no le importaba en absoluto; ni siquiera había fingido que así era.

Volvería a Inglaterra, pensó, a su casa. Ahora entendía que su madre no hubiera vuelto nunca, entendía que se pusiera pálida cada vez que alguien mencionaba Roma.

¿Por qué no la habría escuchado?, se preguntó. Se habría ahorrado mucho dolor, muchas desilusiones.

Sus ojos se llenaron de lágrimas, pero hizo un esfuerzo para no llorar. Poco después, Carlo frenó de nuevo, apagó los faros y salió del coche.

¿Qué iba a hacer, dejarla en medio de la carretera?

—No pienso bajar del coche —le informó Francesca.

Él abrió la puerta y tiró de su mano. Entonces oyó un chirrido y volvió la cabeza... eran dos portalones de hierro que se estaban cerrando y que, perdida como estaba en sus pensamientos, ni siquiera había visto.

—¿Dónde estamos?

Carlo la llevaba de la mano por un camino de piedra, pero estaba tan oscuro que no veía nada. Él se detuvo entonces y en sus ojos vio el mismo brillo de deseo que había visto en el estudio.

—No... —empezó a decir Francesca.

Pero no pudo terminar porque Carlo buscó su boca con ansiedad, una ansiedad que se le contagió. No quería pensar, no quería preguntarse por qué no se apartaba, sólo sabía que aquel hombre la estaba besando y que sus besos la mareaban.

Temblando, le echó los brazos al cuello, sintiendo sus manos en la espalda, sintiendo que se le doblaban las rodillas.

Si aquel beso era un castigo, estaba fracasando, pensó, embriagada. Lo besaba como no había besado a nadie, con una urgencia, un deseo que la abrumaban por completo.

De repente, alguien encendió una luz y Carlo se apartó. Francesca enterró la cara en su pecho, asustada. Pensaba que se le había roto el corazón cuando vio a Angelo con Sonya, pero ni siquiera aquella imagen devastadora podía compararse con la vergüenza que sentía en aquel momento.

—Perdone, *signor* —oyó una voz masculina—. Las luces de seguridad no funcionan y había salido a mirar...

—Aparta esa linterna de mi cara, Lorenzo —le ordenó Carlo.

De repente, volvieron a quedar a oscuras y Francesca consiguió apartarse de él. No entendía nada. ¿Cómo podía responder así ante un hombre al que odiaba?

Se sentía extraña, como si fuera otra persona, ni siquiera entendía lo que el guardia y Carlo estaban diciendo. Y la sensación de calor entre sus piernas era tan increíble...

—Suéltame —dijo en voz baja. Aquello empezaba a parecerle una pesadilla. Toda aquella noche era una pesadilla.

—No voy a soltarte por el momento, *cara* —replicó él, sarcástico.

Siguieron caminando y, entre las sombras, Francesca creyó ver una fuente y una pared pintada de color siena. Poco después, entraban en un vestíbulo bien iluminado, con el suelo de mosaico antiguo.

Carlo seguía tirando de ella. Pasaron por delante de muebles de un valor incalculable, hermosísimos. Allí no había nada ridículamente ostentoso, como en la villa de los Batiste; todo eran obras de arte, antigüedades.

Después de subir por una escalera, Francesca se encontró en una enorme habitación con las paredes pintadas de color terracota y el suelo de mosaico.

–¿Ésta es tu casa?

–Sí.

–¿Por qué me has traído aquí?

Carlo se apoyó en el respaldo del sofá, con los brazos cruzados.

–Bienvenida al *palazzo* Carlucci. Ésta ha sido la casa de mi familia durante cuatro siglos, *amore mio,* la cueva en la que voy a robarte el honor... todo en nombre de la venganza, claro –contestó, irónico.

Estaba furioso. Había arriesgado su reputación por ella, le había evitado una discusión con los Batiste, la había llevado a un lugar seguro...

Pero todo eso daba igual. Francesca estaba mucho más furiosa que él.

–Ponme una mano encima y te saco los ojos.

–Como los dos sabemos que si te pongo una mano encima más bien suspirarás de placer, ésa es una amenaza sin valor alguno –replicó Carlo, dando un paso adelante.

–¡No te muevas!

Si sus ojos verdes se oscurecieran un poco más serían casi tan oscuros como los suyos, pensó Carlo. Y eso lo hizo sentir curiosidad. ¿Se oscurecerían más en la cama?

–No pienso ser víctima de nadie más... especialmente tuya.

–¿Por qué no? Has sido la víctima de un mercenario y de una amiga que ha resultado no serlo y que te ha llenado la cabeza de mentiras.

–¿Estás diciendo que Nicoletta no es tu hermanastra?

–No. No estoy diciendo eso.

–¿Entonces? ¿Crees que lo he pasado bien esta noche? ¿Crees que me gusta estar aquí, aguantando tu actitud prepotente? Yo no tengo la culpa de lo que Angelo le hiciera a tu hermanastra porque pensé que habían cortado cuando empecé a salir con él. Si quieres vengarte, véngate de Angelo, no de mí. Y, si no te importa, apártate de la puerta porque quiero salir.

«Vaya, vaya», pensó Carlo, sorprendido.

Después de todo, Francesca Gianni tenía ca-rácter. Mucho carácter.

—Y yo esperando que te disculparas... In-cluso había pensado que podríamos pasarlo bien esta noche. Que podríamos acostarnos juntos en mi cama, donde intentaría borrar la tristeza de tus ojos.

Francesca apretó los dientes.

—Ni lo sueñes.

—Después, podríamos hablar de Nicoletta y de cómo el clan Carlucci está en deuda con-tigo por hacerle creer a los Batiste que tu for-tuna estaba en sus manos.

—¿Qué?

—Pero si prefieres marcharte, estás en todo tu derecho. Hay un teléfono en el pasillo... Aunque te aconsejo que pases la noche en un hotel, no en tu apartamento. Por si acaso te encuentras a tu ex amiga y a tu ex prometido revolcándose en la alfombra.

Francesca se puso pálida y él tuvo que apar-tar la mirada. No quería hacerla sufrir, pero... había perdido toda la noche en casa de Batiste sólo para echarle una mano a Cenicienta y ella no se lo agradecía, pensó, abriendo el armario francés que dominaba toda una pared, un ar-mario que su madre, Nanette, había llevado allí desde París y que él había convertido en un bar.

Cenicienta. Si eso lo convertía a él en el príncipe azul, no estaba haciendo un buen papel, pensó, mientras sacaba una botella de brandy.

Francesca estaba pálida como un fantasma. Intentaba controlar las lágrimas, pero le costaba trabajo. Parecía tan vulnerable, tan agotada, tan destrozada que le asombraba que siguiera en pie.

Le habría gustado quitarle las horquillas del pelo para verlo suelto. Y le habría gustado calentar su piel para que perdiera esa terrible palidez. Le gustaría quitarle aquel vestido que sólo había comprado para complacer a Angelo Batiste...

Querría quemar aquel vestido, pensó, con rabia. Y querría también ayudarla a recuperar la confianza en sí misma. La confianza que Angelo Batiste había destrozado aquella noche.

Pero, por el momento, tendría que seguir haciéndose el duro porque también parecía un pajarito intentando reunir coraje para escapar. Y, si lo hiciera, tendría que detenerla. Los pajaritos atrapados tienen tendencia a escapar por cualquier rincón y él no pensaba dejarla escapar.

En ese momento, Francesca estaba mirando el retrato de sus padres que colgaba sobre la chimenea.

–Te pareces a él. ¿Tu padre?

–Sí.

–Ella es tu madre, supongo.

Carlo dejó escapar un suspiro.

–Nanette Mauraux fue su segunda esposa. Murió cuando yo era muy joven –murmuró, ofreciéndole una copa de brandy–. Era una mujer maravillosa.

–Se parece a Nicoletta.

–Mi padre escandalizó a todo Roma cuando volvió de París con una esposa tan joven. Él tenía cincuenta y cuatro años y ella veintitrés... y una hija de soltera. Entonces yo era un joven de diecinueve años resentido y enfadado por tener una madrastra que podría ser mi novia.

–¿Intentaste algo con ella?

Carlo tardó un momento en entender la pregunta.

–Ah, sí, claro, se me olvidaba. Soy un hombre sin escrúpulos. No lo olvides, *cara*.

–No lo olvido –murmuró ella, abriendo la puerta.

Francesca salió al pasillo, furiosa. Su pajarito intentaba escapar de él, pero no conocía el camino...

Y Carlo no pensaba indicárselo.

# Capítulo 7

FRANCESCA estaba harta. No podía soportar ni uno más de sus crueles sarcasmos. Le daba igual dónde ir, sólo quería alejarse de Carlo Carlucci.

Lo que no esperaba era abrir una puerta y encontrarse... como en otro mundo.

El lago Alba flotaba delante de ella. Nunca había visto nada parecido. Francesca olvidó entonces que estaba huyendo de Carlo mientras observaba, admirada, un arco de piedra sujeto por dos esbeltas columnas que enmarcaban el lago como si fuera un cuadro, la base compuesta por una balaustrada de piedra que parecía el marco del fin del mundo.

Era la imagen más hermosa que había visto en su vida. Desde Villa Batiste podía verse el lago, pero no se parecía nada a aquello. Era una sensación extraña estar allí, casi como si pudiera tocar el agua plateada con las manos y, sin embargo, ver acres de hierba entre el lago y ella.

Estaba tan hechizada que no se percató de que Carlo había aparecido a su lado hasta que oyó su voz.

—El lago cambia de aspecto cada hora. Por la mañana es como una capa plateada, dorada por la tarde. A mitad del día tiene un color azul zafiro que te invita a jugar...

—Y has decidido enmarcarlo —lo interrumpió Francesca.

—Uno de mis antepasados se sintió inspirado —sonrió él—. Esto es un patio de columnas, aunque ahora no lo veas bien. Todas colocadas para enmarcar el lago.

—Es precioso —murmuró Francesca.

—Gracias —dijo Carlo entonces, poniéndole la chaqueta por encima de los hombros—. ¿Tienes frío?

—Un poco.

—No tiembles, Francesca. No quiero renovar las hostilidades.

—Siento lo que pasó con tu hermanastra.

—No fue culpa tuya. Tú no sabías nada, pero Angelo sí —contestó él, mirándola a los ojos—. Lo único que pude hacer fue consolarla, preguntándome por quién la habría dejado.

—¿Qué orgullo herido querías salvar, el de tu hermanastra o el tuyo?

—Los dos —contestó Carlo, acariciando su pelo—. Me gusta ser arrogante, no lo puedo evitar. Suelo hacer lo que quiero incluso cuando sé que el momento no es apropiado.

Y fue entonces cuando Francesca empezó a oír voces de alarma. Cuando lo miró a los ojos, de nuevo vio en ellos aquel brillo peligroso... pero no tuvo tiempo de apartarse porque él la había tomado por las solapas de la chaqueta para apretarla contra su pecho. Sintió su calor, el aroma de su colonia, su propio olor, tan masculino. Quería apartarse, pero no era capaz.

–No...

Pero Carlo no hacía nada. Sólo la mantenía aprisionada contra su pecho, en un limbo que Francesca no sabía si era el cielo o el infierno.

–¿Segura?

Ella asintió. Carlo Carlucci era demasiado... todo.

–No te entiendo –se oyó decir a sí misma.

–Tampoco me entiendo yo mismo cuando estoy contigo, *cara*. Pero no pienses que esos ojos asustados van a salvarte. Estaremos juntos tarde o temprano.

Luego inclinó la cabeza para capturar sus labios.

–Una y otra vez... –añadió, como una sensual promesa.

Luego se apartó bruscamente.

¿Por qué? Porque ella había respondido.

Incluso abrió la boca para dejar paso a su lengua y lo peor de todo era que quería hacerlo. Quería enredar los brazos alrededor de su cuello, quería...

–Vamos. Hace demasiado frío aquí –dijo Carlo entonces.

La puerta se cerró tras ellos y siglos de mosaicos antiguos resonaron bajo la suela de sus zapatos. Francesca quería decir algo, romper aquella tensión que la mantenía prisionera, pero no podía decir nada.

Carlo la acompañó hasta una de las escaleras y por un pasillo flanqueado por grandes ventanales que daban a un patio. Luego empujó una puerta y Francesca se encontró en un dormitorio absolutamente increíble.

El suelo era de madera muy oscura y la chimenea, de piedra, estaba ya encendida. Las paredes eran de color terracota y la cama, con dosel, tenía un lujoso edredón de seda roja.

Aquella cama dominaba toda la habitación. Lo dominaba todo. Parecía diseñada para despertar el apetito sexual de sus ocupantes. Incluso se imaginó a sí misma tumbada en aquel edredón de seda roja, desnuda. Vio a Carlo con su piel morena iluminada por las llamas de la chimenea...

La visión hizo que sintiera pánico.

–Yo no...

«Quiero dormir aquí» iba a decir, pero no le salieron las palabras.

–Voy a buscar tu maleta. Relájate, volveré en cinco minutos.

¿Intentaba tranquilizarla o era una amenaza?, se preguntó Francesca mientras lo veía salir de la habitación.

Cuando se acercó a la ventana, vio otra perspectiva del lago, que parecía helado desde allí, la luna al otro lado de la casa.

«¿Qué estoy haciendo aquí?», se preguntó a sí misma.

Esconderse, pensó.

De lo que era, de la mujer en la que se estaba convirtiendo.

Una mujer traicionada por un hombre y con un terrible, terrible deseo por otro, un desconocido.

Temblando, Francesca se pasó una mano por el pelo. Pero no podía evitar el temblor que sentía entre los muslos, la anticipación que era a la vez un placer y un pecado.

Un pecado.

¿Qué pecado? ¿Era pecado querer hacer el amor con un hombre?

El pecado de su madre, pensó. «El deseo físico puede convertirte en una esclava de tu propio cuerpo y en propiedad del hombre que lo usa para su propio placer», decía ella.

¿Por qué Carlo Carlucci?, se preguntó Francesca entonces. Si iba a convertirse en una presa de la lujuria, ¿por qué precisamente con él? ¿Por qué no con Angelo? Quizá, si se hubiera acostado con él, su relación habría tenido una oportunidad; quizá Angelo no habría tenido que buscar a Sonya para satisfacer sus deseos.

¿Era eso lo que quería?, se preguntó. ¿Que un hombre la mintiese toda la vida, haciéndole creer que la quería mientras se acostaba con otra?

Entonces oyó que se abría la puerta, vio que Carlo se quedaba parado y sintió, de nuevo, aquella excitación entre sus piernas. Porque lo deseaba.

Lo deseaba.

No a Angelo. Nunca había deseado a Angelo.

—He traído tu maleta.

Ella asintió. El amor no era más que una ilusión de todas formas, pensó. El amor no era nada más que una palabra inventada para que los seres humanos justificaran su deseo de aparearse.

Carlo se acercó. Alto, fuerte, moreno, con aquella camisa blanca que destacaba sus anchos hombros, que lo hacía parecer formidable.

—Venga, es hora de irse a la cama.

Francesca, nerviosa, dejó que él le quitara la chaqueta vaquera.

–No te asustes. No voy a hacerte nada –dijo Carlo.

–Una pena –se oyó decir a sí misma. Enseguida se mordió los labios, deseando que se la tragara la tierra–. Era una broma.

–¿Y eso?

–Da igual –murmuró ella–. Puedo quitármela yo sola.

Sentía las manos de Carlo rozando sus pechos mientras le quitaba la chaqueta. Pero le gustaba. Si alguien quería que pasara algo, era ella. No podía engañarse a sí misma.

–¿Quieres robarme ese placer? –sonrió él.

Sabía lo que le estaba pasando. Lo sabía. Y el brillo de sus ojos la retaba para que lo dijese en voz alta.

¡Confiésalo! Parecía ordenarle.

Sin decir nada, Carlo le quitó las horquillas del pelo y tiró de él hacia atrás para mirarla a los ojos.

–¿Qué quieres de mí, Francesca?

El impacto de la pregunta la hizo temblar porque sabía exactamente lo que quería. Quería acostarse con Carlo Carlucci. Quería perderse en él y convertirse en otra persona, en esa persona que había visto desnuda en la cama, abandonada.

Y quería salir de aquella terrible noche convertida en alguien diferente, una mujer liberada que pudiese decir con confianza: «Vete al infierno, Angelo Batiste. Ahora sé lo que soy y tú nunca sabrás lo que te has perdido».

–Lo quiero todo –dijo en voz baja.

Lo había dicho.

Ni siquiera lamentaba haberlo hecho, se dijo a sí misma, desafiante. Ahora dependía de él que tomara lo que le estaba ofreciendo o...

Carlo lo tomó. Inclinó la cabeza y buscó su boca con una desesperación que la dejó atónita. Francesca aceptó el beso sin hacerse más preguntas, aprendiendo de él, dejándose llevar y, al mismo tiempo, pidiendo más.

Entonces Carlo empezó a desabrochar la cremallera del vestido, que cayó al suelo con un sonido parecido a un leve sollozo. Él no soltó su pelo; seguía sujetándola mientras la exploraba con la mano libre.

Era una potente imagen de dominación masculina, Francesca lo sabía y sabía que se estaba rindiendo. Y no le importaba, era lo que quería. Carlo acariciaba su espalda, sus caderas, rozando el borde del sujetador sin tirantes, metiendo la mano por debajo de las braguitas...

Nunca había sentido la mano de un hombre en su trasero. Nunca la habían tocado de esa forma. Le resultaba extraño, pero exquisitamente sensual. Carlo la apretó contra sus caderas para que sintiera su erección. Francesca estaba tan embriagada que no se daba cuenta de que, al ponerse de puntillas, sus pechos se salían del sujetador, pero él sí lo había visto y, con una especie de gruñido animal, la levantó a pulso e inclinó la cabeza para chupar la aureola de uno de sus pezones. Luego tiró de su pelo hacia atrás para obligarla a arquearse un poco más, levantando sus pechos invitadoramente hacia su boca.

Volvieron a besarse, mientras él caminaba de espaldas hacia la cama. Al moverse, el centro de su excitación rozaba el bulto que había bajo los pantalones del hombre y, sin pensar, Francesca se apretó contra él, sintiendo una ola de placer desconocido.

Carlo aumentaba ese placer apretando su trasero, pero al restregarse contra él el sujetador acabó dejando sus pechos al aire y Francesca observó sus pezones, erectos, apretándose contra el torso masculino.

–¿Seguro que quieres esto? –preguntó Carlo con voz ronca.

Francesca respondió buscando su boca con ansia. Sin dejar de besarla, él la sentó sobre la cama y empezó a quitarse la ropa. Tenía los hombros anchísimos, los bíceps desarrollados, el torso cubierto de fino vello oscuro. Pero cuando empezó a bajarse los pantalones, Francesca tuvo que apartar la mirada.

Sus ojos se clavaron en el edredón, de voluptuosa seda roja, como una promesa de lo que iba a pasar. Tuvo un instante de miedo, pero no duró mucho porque Carlo levantó su barbilla para obligarla a mirarlo. Estaba desnudo... desnudo y tan hermoso que entendía por qué se quitaba la ropa con tal comodidad.

Volvió a besarla entonces, no con ansia sino con suavidad. Nada la había preparado para la sensación de estar apretada contra un hombre desnudo. Su calor, la embriagadora diferencia entre las texturas suaves y ásperas, la fuerza erótica de su olor, la evidencia de su masculinidad apretándose contra su vientre y cómo se movía contra ella, dejando claro cuánto la deseaba...

Carlo besaba sus párpados, sus mejillas, su cuello y su boca de nuevo... pero entonces se apartó.

–Si has cambiado de opinión, dímelo ahora.

–No he cambiado de opinión –murmuró Francesca.

–Entonces, ¿por qué tienes los puños apre-

tados? No quiero un sacrificio, *cara*. Si esperas que esto borre la huella que ha dejado Angelo Batiste, estás perdiendo el tiempo. Yo no
quiero ser el sustituto de ningún otro hombre.

–No estaba pensando en Angelo.

- Entonces, ¿por qué estás tan tensa?

–Por ti –contestó ella, temblorosa–. Eres
tan...

Si había buscado esa excusa para halagarlo
no podría haber encontrado una mejor. Carlo
rió, apretándola contra sí para no dejar duda
de lo que le estaba haciendo.

Pero dejó de reír enseguida, mirándola con
expresión intensa. Cuando la tumbó sobre la
cama, Francesca casi no se dio cuenta hasta
que sintió la seda bajo su espalda.

Él estaba encima y, con manos expertas,
acariciaba sus pechos antes de inclinar la cabeza para chupar la aureola de uno de sus pezones, mirándola para comprobar su reacción.
Pero Francesca había cerrado los ojos, disfru-
tando de aquel placer increíble. Carlo atacó
entonces el otro pecho, chupando el pezón
con fuerza hasta que la oyó gemir.

Como si ese gemido fuera una señal, volvió
a buscar su boca mientras metía una mano
bajo las braguitas de encaje rojo.

Francesca abrió los ojos y se encontró con
los ojos del hombre. El placer que sentía era

tan insospechado que abrió las piernas para recibirlo mejor, con el corazón acelerado, las manos en los brazos del hombre que sabía exactamente cómo darle placer a una mujer. Salvaje, se sentía salvaje con las caricias íntimas de Carlo. Se arqueaba contra él, temblando, respirando con dificultad.

Y él temblaba también, en tensión. Carlo murmuró algo en italiano, pero Francesca ya no era capaz de traducir. El sensual sonido de su voz la excitaba, la trasladaba a un sitio desconocido.

–Yo no... –iba a decir «no estoy acostumbrada a esto», pero él le puso un dedo sobre los labios.

Sentía que estaba perdiendo la cabeza. Él la exploraba como un maestro y ella respondía gimiendo, jadeando. Carlo besó sus caderas, su cintura y, por fin, sus pechos de nuevo, antes de tomar su mano.

–Tócame...

Para Francesca fue una sorpresa sentir la suavidad del miembro masculino.

–Carlo...

Él tiró hacia abajo de sus braguitas mientras besaba sus muslos, el interior de sus muslos... hasta llegar a un sitio donde no la habían besado nunca.

–No... no...

Carlo no la oía. El primer roce de su lengua hizo que protestara. Francesca tiraba de su pelo para apartarlo, pero era imposible.

Caliente, se sentía caliente, las caricias de sus dedos y su lengua haciéndola gritar, llevándola a un sitio que no había imaginado nunca.

–Oh, Carlo...

Él se colocó encima y, mientras buscaba su boca, abrió sus piernas con la rodilla y la penetró profundamente, abriéndose paso a través de la fina barrera y haciendo que Francesca dejase escapar un grito.

Entonces se detuvo. Pero no se apartó, todo lo contrario, volvió a empujar con más fuerza. El dolor desapareció y Francesca se sintió envuelta en una ola tras otra de placer. Con cada embestida la poseía un poco más, la llenaba, la llevaba a un mundo extraño en el que no había pecado. Francesca sollozaba de placer, desesperada por llegar al final sin saber cuál era ese final. Como si lo entendiera, Carlo la abrazó.

–Déjate ir... déjate ir –murmuró con voz ronca.

Y ella obedeció. Lo abrazó con fuerza, apretándolo como si quisiera fundirse con él. Los sollozos se convirtieron en gemidos de placer que convulsionaban su cuerpo, absorbiendo al hombre con tal fuerza que él mismo se dejó ir, estremecido.

Francesca pensó que no iba a sobrevivir, de verdad pensó que iba a morirse. Cerró los ojos, intentando decidir si había sido la experiencia más aterradora de su vida o la más hermosa. Nada, nada de lo que había oído sobre el orgasmo podía haberla preparado para aquella sensación.

—Eres maravillosa, la mujer más hermosa de la tierra —murmuró Carlo—. Soy muy afortunado por estar aquí contigo y tú has tenido suerte de que yo sea tu primer amante.

Francesca sonrió. Quería que le confirmase lo buen amante que era. Qué italiano.

—Eres maravilloso —murmuró.

Carlo se movió entonces dentro de ella, como para recordarle que no habían terminado.

—Entonces, ¿vas a casarte conmigo?

# Capítulo 8

¿CASARME? –repitió Francesca, atónita. Tenía que haber oído mal–. ¿Desde cuándo estamos hablando de matrimonio?

–Desde el principio, *cara*. Desde la primera vez que te vi.

Lo había dicho con la misma arrogancia de siempre y Francesca, indignada, se apartó. Pero ella, inexperta, no sabía que apartarse de un hombre excitado era una experiencia... increíble.

Tuvo que respirar profundamente un momento para poder encontrar la voz:

–No voy a casarme contigo, Carlo.

–Entonces, ¿me dejas? Pero esto no puede ser... no te he durado siquiera lo que Batiste. Estoy desolado –rió él entonces–. Mi ego está hecho polvo.

Francesca tuvo que contener la risa.

–No se puede dejar a nadie con quien no se ha mantenido nunca una relación –dijo, saltando de la cama y envolviéndose en el edredón.

—Ah, entonces prefieres ser conquistada como te conquistó Batiste.

—¿Qué quieres decir?

—No te gusta sentirte abrumada de pasión. Deberías habérmelo dicho, *cara*. Te habría regalado flores y champán en lugar de llevarte a la cama.

—No me has llevado a la cama, Carlo Carlucci. Yo quería hacerlo —replicó Francesca—. Tu arrogancia no tiene límites.

—Después de lo que hemos compartido, no —sonrió Carlo, estirándose perezosamente, como un felino—. Eres asombrosa. Responder con esa generosidad, con esa pasión cuando era la primera vez... es un regalo que recordaré siempre. *Grazie, amore*.

—*Prego*.

—Ha sido especial para mí, te lo aseguro.

—¿Hay un cuarto de baño por aquí? —preguntó ella, mirando alrededor.

—Creo haberte dicho antes que soy muy posesivo con lo mío —dijo Carlo, como si no la hubiera oído.

—¡Yo no te pertenezco! —replicó Francesca.

Pero él estaba tumbado sobre la cama, completamente desnudo, las llamas de la chimenea iluminando el imponente tamaño de su pene... y tuvo que apartar la mirada.

Aquello tenía que terminar. Tenía que terminar, se dijo. ¿Qué estaba haciendo allí?

—Creo que... quiero irme a casa.

—Lo siento, *cara,* pero, como yo, estás comprometida. Éste es tu nuevo hogar. La semana que viene nos casaremos para hacerlo oficial.

Francesca lo miró, incrédula.

—Estoy enamorada de otro hombre. ¿Por qué quieres casarte conmigo sabiendo eso?

—¿Qué tiene que ver el amor? Te quiero aquí, en mi cama. Y que me hayas demostrado que tú también quieres estar en ella hace que tu amor por otro hombre sea inconsecuente.

—No te deseo... no te quiero, no quiero saber nada de ti.

Carlo la miró, irónico.

—¿Seguro? Tus pezones se marcan bajo esa tela... y me están llamando a gritos.

Francesca salió corriendo hacia la puerta, pero él se levantó con la velocidad de un puma y la tomó del brazo.

—No vas a huir de mí, Francesca. Ya no puedes escapar.

—No sé de qué estás hablando.

—He arriesgado mi orgullo y mi reputación

por ti delante de todos mis colegas, de mis amigos.

–No te pedí que lo hicieras.

–Pero tampoco me has detenido. ¿Crees que lo he hecho sólo para acostarme contigo una noche?

Francesca se encogió de hombros.

–Yo no sé nada de ti... ni quiero saberlo.

–Puede que esto sea una sorpresa para ti, *carina*, pero no me hace falta tanto esfuerzo para conseguir a una mujer. Normalmente esperan turno...

–¡Por favor!

–Lo creas o no, es verdad. El hecho de que pocas veces esté dispuesto a aceptar lo que me ofrecen es debido al respeto que siento por mí mismo...

–No me interesa tu vida sexual, gracias –lo interrumpió Francesca–. ¿Y qué tiene eso que ver?

Carlo sonrió.

–Todos los que estaban en casa de Batiste supieron que mis intenciones para contigo eran honestas y que pronto anunciaríamos nuestro compromiso. Cuando saliste de la villa Batiste conmigo aceptabas eso y no vas a dejarme en ridículo delante de todo el mundo.

–Yo no acepté convertirme en tu mujer... ni en tu amante.

–Deja de mentirte a ti misma. Has querido ser mi amante desde el día que nos encontramos en la calle, cuando ibas en tu Vespa. Lo sé muy bien, aunque tú no quieras reconocerlo. Francesca, admite que estábamos locos de deseo el uno por el otro.

–Eso no es verdad...

–Angelo no sabe lo que se ha perdido –la interrumpió él entonces, buscando sus labios.

–No... –Francesca iba a protestar, pero no pudo hacerlo. Perdida en el beso, soltó el edredón para enredar los brazos alrededor de su cuello, mientras él la apretaba contra su erección.

–O quizá sí. Quizá Angelo sabía que tú serías demasiado para él. Por eso se fue con tu amiga... mucho más predecible, ¿no?

Francesca, harta de sus crueles comentarios, levantó la mano y, sin pensar, le dio una bofetada. Nunca había hecho una cosa así, nunca había pegado a nadie, pero podía ver la marca de sus dedos en la cara del hombre. Carlo la soltó, sorprendido.

–Perdona. No quería hacerlo...

–Me la merecía –dijo él.

Angustiada, asustada, sin saber ni dónde estaba ni lo que hacía, Francesca se echó a llorar. No quería hacerlo, pero lo que estaba pasando era demasiado para ella.

–*Amore*... lo siento –murmuró Carlo–. No llores, por favor.

–Te odio...

–Sí, soy un monstruo, tienes razón. Insúltame, pégame... me lo merezco. Pero no llores, por favor.

–No sé qué me pasa –sollozó Francesca.

Él la abrazó. Un abrazo tierno, destinado a consolarla no a acrecentar su pasión.

–No llores, no llores...

–Lo siento, de verdad.

–No te disculpes. Tú no has hecho nada.

–Es que no sé... contigo no sé lo que me pasa. Es como si no tuviera voluntad.

–Pero sí la tienes... una voluntad que responde de forma muy apasionada.

–¡No hables así! –exclamó Francesca, intentando apartarse–. ¿No te sientes culpable?

–¿Culpable por hacerte el amor? En absoluto.

–Pues deberías.

–¿Por qué, porque te deseo? ¿Porque estoy dispuesto a hacer lo que sea para que te quedes aquí?

–Siempre hablas de lo que tú quieres, no de lo que yo quiero...

–¿Y qué es lo quieres? –preguntó Carlo.

¿Cómo iba a responder a eso? Ni ella misma sabía lo que quería. ¿Cómo podía estar con él si Angelo acababa de romperle el corazón? ¿En qué clase de persona se había convertido?

En la amante de Carlo Carlucci...

–No llores, Francesca. Eso hace que quiera protegerte.

–Mister Macho –dijo ella, irónica.

–Sí, seguramente. Y tú lloras como una niña, pero sigues igual de guapa.

–¿Qué tiene eso que ver?

–Te hace especial –contestó Carlo–. Nunca había visto a una mujer que se pusiera tan guapa cuando llora. Y me gusta ver ese brillo en tus ojos verdes...

–No son verdes, son pardos.

–Da igual. Me gustaría ahogarme en ellos –siguió él como si no la hubiera oído–. Esos ojos hacen que desee abrazarte y besarte hasta que olvides todos tus problemas.

–Tú eres mi problema, Carlo Carlucci.

–¿Por qué?

–Porque haces que te desee y yo no quiero desearte.

Ya estaba, lo había dicho. Lo deseaba, pero no quería hacerlo. No se gustaba a sí misma.

–¿Qué significa eso?

–Creo que está muy claro, ¿no?

–No, Francesca, no está claro para mí –suspiró Carlo, tomándola en brazos.

–¿Qué haces?

Él no contestó. Sin decir nada, y sin soltarla, la llevó al cuarto de baño y abrió el grifo de la bañera.

–¿Te importaría decirme qué estas haciendo?

–Tranquila. Disfruta de tu segunda experiencia de la noche.

–No puedes...

–Claro que puedo –la interrumpió Carlo–. Quiero bañarte, lavarte con mis propias manos.

Al final lo hizo. Era inevitable, pensó Francesca horas más tarde, en la cama de Carlo, en su habitación. Y después del baño, se encontró encima de aquel hombre, de aquel desconocido, desnuda, haciéndole el amor como jamás pensó que lo haría.

–No tengo escrúpulos –sonrió él–. La verdad, pensaba darte un par de días para que se te pasara el disgusto por Batiste, pero... no ha hecho falta.

De modo que allí estaba, en la habitación de Carlo Carlucci. Todo en aquel dormitorio era blanco o beige, pero Francesca prefería la otra habitación. El color rojo iba más con su apasionado carácter.

Estaba dormido en ese momento, pero ella no podía conciliar el sueño.

En unas horas, había tirado por la ventana todos sus principios y lo peor era que ya no le importaba. Quizá había pasado toda su vida escondiéndose de sí misma, se dijo. Quizá había necesitado que Carlo Carlucci la sacara de su escondite.

Aquel hombre fuerte, oscuro, hermoso, había despertado a la auténtica Francesca.

Se había dicho a sí misma que deseaba despertar sintiéndose como una mujer nueva y así sería. Su mujer. Ya no se molestaba en discutirlo. Francesca inclinó la cabeza y le dio un beso en los labios antes de cerrar los ojos.

Horas después, Carlo se apoyó en un codo para mirarla. Estaba dormida, pero él la ayudaba a despertar trazando la línea de una de sus aureolas con el dedo. Por el momento, se contentaba con observar su reacción, viéndola moverse en sueños.

Vio cómo abría los labios sin saber que lo estaba haciendo y su sangre se calentó de inmediato. No había conocido nunca a una mujer como ella. Si le hubieran preguntado, hasta la noche anterior habría dicho que la virginidad no era más que un pequeño obstáculo, pero ahora sabía lo que significaba: inocencia. Y la inocencia de Francesca era como una tela en blanco en la que él podía pintar a placer.

Y el color más hermoso era la ingenuidad con la que ella se dejaba guiar. Era una experiencia preciosa, otro de sus regalos.

Peligroso, pensó. Muy peligroso ponerse en manos de una mujer así. ¿Cómo podía Batiste haber estado tan ciego?

Pero no quería pensar en eso. No podía ni imaginar que Angelo la hubiera tocado. Ni él ni ningún otro hombre. Francesca era suya y cuanto antes lo entendiese, mejor para los dos.

No quería quererlo, le había dicho.

Carlo sonrió. Pensaba hacerla cambiar de opinión.

En ese momento Francesca abrió los ojos y miró alrededor, confusa.

–*Ciao, cara.* Hoy vamos a tener un día muy interesante.

–Tú...

–Y vamos a empezar como debe empezar un día perfecto –dijo Carlo entonces, inclinando la cabeza para acariciar uno de sus pezones con la lengua.

Y así siguió el aprendizaje de Francesca Bernard, pensó ella, mientras caía diligentemente en la trampa sin resistencia. Cuando por fin bajaron a desayunar descubrió que Lorenzo, el hombre que había aparecido por la noche con la linterna, y su mujer, Caprice, eran los guardeses de la casa. No vivían allí, sino en el pueblo, y sus dos hijos se encargaban de cuidar el jardín.

Carlo le mostró el *palazzo* de arriba abajo, contándole su historia, anécdotas que la divertían y la emocionaban. Y dejó que le hiciera el amor en la piscina, en el invernadero, escondidos entre cientos de plantas...

—Confía en mí —solía decir él—. Confía en mí, te va a gustar. Confía en mí, vas a pedirme más.

Y era cierto. Un día tras otro. Era insaciable, inventivo y... sorprendente.

A veces.

A veces Francesca perdía de tal modo la cabeza que era ella quien lo sorprendía.

No salieron del *palazzo*. No hablaban de sus vidas. Si ella intentaba sacar algún tema relacionado con el pasado, Carlo le decía:

—No lo estropees, *cara*. Créeme, acabaremos peleándonos.

Viviendo en aquel mundo irreal en el que Carlo Carlucci la envolvía, Francesca se sentía feliz. No quería pensar, no quería hacerse preguntas.

Sobre todo, no quería pensar en esa propuesta de matrimonio que seguía sin tener sentido alguno. Y, con cada nueva experiencia, iba apartándose otro velo de inocencia. Debería cuestionarse por qué estaba dejando que ocurriera aquello, por qué dejaba que él controlase su vida.

Incluso se lo dijo a él:

—No sé por qué dejo que me hagas esto.

—¿Por qué lo piensas? ¿Por qué no lo disfrutas, sin más?

Pero no era tan fácil. Había pasado de amar a un hombre a obsesionarse sexualmente por otro. Dejar su vida en suspenso de esa forma no era buena idea, no resolvía nada y no podía seguir haciéndolo mucho tiempo sin que el mundo, como un intruso, entrase en sus vidas. Carlo ya estaba recibiendo montones de llamadas de trabajo que debía atender, mientras ella tenía...

Nada.

No tenía nada que la atase a Roma, nada a lo que volver. Ni amigos en los que pudiera confiar, ni siquiera un tío abuelo que quisiera recibirla.

Todo lo que quedaba allí era... Carlo.

Como si él supiera lo que estaba pensando, apareció de repente, a lo lejos, acercándose por el jardín. Llevaba unos vaqueros oscuros y una camiseta blanca... era como ver poesía en movimiento, pensó.

Carlo se sentó a su lado y estiró las piernas.

—¿Calculando cuánto tiempo tardarías en convertir este jardín en una selva, *carina*?

# Capítulo 9

EL JARDÍN está precioso como está y tú lo sabes.

–Pero no te inspira tanto como el del *palazzo* Gianni –suspiró Carlo.

–El *palazzo* Gianni es una ruina.

–Sí, pero una ruina con alma, tú misma lo dijiste. Podríamos dejar crecer la hierba en la zona oeste para que pudieras sentir la misma pasión...

–No, gracias –lo interrumpió Francesca.

Carlo la miró, sorprendido.

–¿Qué te pasa?

–No quiero que me recuerdes el *palazzo* Gianni.

–Pero tu tío abuelo...

–Pertenece a un grupo de gente del que no quiero saber nada –lo interrumpió ella.

–¿Quién más está en ese grupo?

–Angelo, Sonya –Francesca se encogió de hombros–. Todo el que me haya hecho daño.

–Te estás haciendo dura, ¿eh?

—Sí, he descubierto que tengo más sangre Gianni de la que creía. Los Gianni no perdonan y yo tampoco estoy dispuesta a perdonar. Los que ya no existen no pueden hacerte daño. Una buena política, ¿no te parece?

—¿Y Bruno Gianni se merece ese castigo?

—Por supuesto. Él sobre todo. Me ve como la hija del pecado y, como mi madre, no existo para él. Pero me da igual porque Bruno tampoco existe ya para mí.

—Pero él es tu único pariente en Italia. ¿Por que no le das una oportunidad?

—¿Para qué? ¿Para que se tome la enorme molestia de recibirme?

—El dinero que dejó tu abuelo...

—No sé si mi tío tiene dinero o no y me da igual —volvió a interrumpirlo Francesca—. Ten cuidado o empezaré a pensar que no eres mejor que Angelo.

Carlo se puso muy serio.

—Te dije que no me comparases con él.

—Piensas que me tienes etiquetada, pero no es verdad. No soy ciega y sigo preguntándome por qué estás haciendo todo esto.

—Ya hemos hablado de ese tema.

—¿Ah, sí? Que yo recuerde, te limitaste a decir lo que querías. Desde entonces, nos hemos escondido como dos amantes clandestinos mientras el resto de Roma, supongo, estará esperando a ver qué hacen Carlo Carlucci y la heredera Gianni.

–Todo Roma, ¿eh? Interesante, *cara*, pero sigo sin entender por qué me comparas con Batiste. ¿Crees que soy otro cazador de fortunas, como ese pelele?

–¿Lo eres?

Carlo se quedó en silencio un momento.

–Por cada euro de la fortuna Gianni, yo pongo sobre la mesa un millón –anunció entonces.

Era una forma de tirar el guante. Pero, sobre todo, una sorpresa para Francesca.

–Eso es mucho dinero.

–Nada multiplicado por nada es nada, así que no empieces a contar billetes todavía. Aunque me gusta que te hayas quedado impresionada.

–¿Y por qué todos esos millones quieren casarse conmigo? –preguntó ella.

–Soy un hombre fabulosamente rico, Francesca. Mira alrededor y pregunta por ahí si no me crees. Aunque esperaba que mi encanto fuera suficiente para convertirme en tu marido.

Tenía todo lo necesario para convertirse en su marido. Y ése era el problema. Cinco días atrás estaba enamorada de Angelo Batiste; aquel día, a la luz del sol, mirando aquel her-

moso rostro, Francesca supo que estaba enamorada de Carlo.

–Tengo la impresión de que Francesca Bernard murió la noche del compromiso y que...
esta persona en la que me he convertido es
una extraña. Tan extraña como si necesitara
otro nombre.

–Cásate conmigo y conviértete en Francesca Carlucci. Así de simple.

¿Así de simple? No, no lo era.

–No puedo casarme contigo, Carlo. Además, no necesito casarme.

–¿Aceptarías ser mi amante?

–Seré cualquier cosa, excepto tu mujer.

Él la miró, muy serio.

–No –dijo entonces, levantándose–. Lo
siento, no puedo aceptarlo.

Eran palabras finales, casi una despedida.

Francesca pensó ir tras él, pero no lo hizo.
Carlo Carlucci no la entendía, no entendía sus
sentimientos seguramente porque ni ella
misma era capaz de comprenderlos.

Poco después, volvió a entrar en la casa y,
por la ventana, vio a Carlo hablando con Lorenzo. Tenía las llaves del coche en la mano.

Se marchaba. Se iba.

Y ella debería dejarle ir, sin más.

Pero no podía. Francesca corrió hacia la escalera casi haciendo un sprint. Cuando llegó

abajo estaba sin aliento, pero vio el Lamborghini saliendo del garaje y se lanzó hacia él.

–¡No te vayas! No me dejes aquí –gritó, abriendo la puerta entre sollozos–. ¡Me casaré contigo!

Carlo no se había quedado más sorprendido en toda su vida.

–Esto es muy innovador, *cara*. Pero las lágrimas son un poco exageradas, ¿no?

–¿Es que no lo entiendes?

–Sí, lo entiendo –suspiró él–. Olvida lo del matrimonio, Francesca. Estamos bien como estamos. Venga, no llores –sonrió Carlo, sentándola sobre sus rodillas.

–¿Dónde ibas?

–Ya da igual. Subiremos a la habitación, haremos las maletas y volveremos a Roma... donde haré realidad todas tus fantasías porque ése, *carina*, es mi papel.


Fueron hasta Roma sin hablar. Francesca no se sentía feliz, pero no sabía por qué cuando él le concedía todos sus deseos.

Quizá era Carlo, ése era el problema. Francesca emitió un gemido de enfado, de disgusto, de confusión. No sabía lo que le pasaba ni lo que quería.

–Ya estamos llegando –dijo él.

Poco después llegaban al garaje de un edificio de apartamentos en la mejor zona de la ciudad. Carlo aparcó el Lamborghini al lado de otros dos coches igualmente lujosos y Francesca vio que su Vespa también estaba allí.

–¿Y esto?

–Pedí que la trajeran –contestó Carlo.

Subieron en un ascensor con tarjeta electrónica hasta el último piso, donde las puertas se abrían directamente a un enorme salón. El ático era enorme, ocupaba un ala entera del edificio. Francesca paseó de una habitación a otra, sin rumbo. Vio sus cosas guardadas en una habitación de invitados... debía serlo porque era más pequeña que los otros dos lujosos dormitorios con cuarto de baño a los que ya había echado un vistazo. También había un enorme salón con chimenea, un estudio y una cocina más grande que todo su apartamento.

–¿Cómo ha llegado esto aquí?

–Igual que la Vespa.

–¿Pero quién guardó mis cosas?

–Sonya –contestó Carlo.

–¿Cuándo?

–El día después de la fiesta.

–Ah, claro. Entonces supongo que mi camisón ya estará encima de tu cama, ¿no? –preguntó Francesca, irónica.

–Como sabes que no llevarás camisón estando conmigo, eso no tendría sentido. ¿Qué te parece la casa?

–Estupenda. ¿El Canaletto que hay en el salón es auténtico?

–Por supuesto. ¿Se puede saber qué te pasa?

–Todo y nada. Ojalá lo supiera...

–¿Quieres que te ayude? –sonrió él, abrazándola.

–No... déjame, tonto –dijo Francesca, intentando no reírse cuando buscó sus labios.

Pero un segundo después estaban tumbados en la cama y ya no le importaba nada, ya no quería pensar. Hicieron el amor hasta que empezó a oscurecer y cuando Carlo sugirió salir a cenar, Francesca recordó que no tenía nada que ponerse.

Él se levantó, desnudo, y abrió un armario.

–Todo para ti.

Dentro había una colección de vestidos de alta costura, las prendas más increíbles que Francesca había visto en su vida.

–¿Para mí?

–¿Para quién si no?

–Carlo...

–Lo sé, lo sé. Pero me hace ilusión, *cara*. Acéptalos, ¿de acuerdo? Y ponte algo que me vuelva loco.

Francesca eligió un vestido de seda granate con escote halter que se abrochaba en la nuca con un broche de plata. Luego se hizo un artístico moño, se puso unos mules de tacón y salió de su exótico dormitorio para encontrar al hombre de sus sueños esperándola.

Carlo llevaba un traje de lino color beige y una camisa de seda azul oscura. Estaba tan guapo que quitaba el aliento.

–Has elegido un vestido perfecto –dijo, sonriendo.

Cuando entraron en el restaurante, se volvieron muchas cabezas. Una sensación nueva para Francesca. Nueva y bienvenida. Se sentía más guapa que nunca.

Una pareja se acercó a la mesa para saludar a Carlo y él la presentó como «mi amante, Francesca». Ellos la miraron con curiosidad, pero eran demasiado educados como para hacer preguntas.

Mientras cenaban, Carlo no dejó de apretar su mano, preguntándose si sabría lo guapa que era, lo celoso que se ponía si otro hombre la miraba.

Cuando volvían al apartamento le pasó un brazo por los hombros y ella metió la mano por debajo de su chaqueta. Eran como dos piezas de una moneda, pensó, dos amantes perfectos. Pero él no quería que fueran sólo amantes. Cómo iba a solucionarlo, no tenía ni idea. Pero tendría que convencerla.

–¿Por qué suspiras? –preguntó Francesca.

–Porque eres demasiado hermosa –contestó él, besándola en la frente–. Estaba pensando si debería esconderte en mi habitación para que no pueda mirarte ningún otro hombre.

Francesca rió, un sonido alegre, suave e increíblemente sensual.

–La modestia no es lo tuyo, *caro*. Tú sabes que estoy con el mejor.

–*Grazie*.

–*Prego*.

La única nube en el horizonte durante los siguientes días fue la insistencia de Francesca en volver a trabajar. Tuvieron una pelea al respecto, pero ganó ella. Y Bianca, la dueña de la agencia, la recibió con un grito alborozado. Estaban en plena temporada y, aparentemente, Sonya había vuelto a Inglaterra, de modo que estaba desesperada.

Francesca se pasaba el día con su uniforme rojo, siendo una eficiente guía turística, y las noches en la cama con Carlo. Él seguía presentándola como «su amante» y, como todo el mundo en Roma sabía que había salido con él de Villa Batiste el día que debería haber anunciado su compromiso con Angelo, debían creer que la suya era una relación seria.

Poco a poco, Francesca empezó a confiar en sí misma de nuevo.

Y entonces se encontró con Angelo.

Carlo y ella asistían a una cena benéfica en uno de los hoteles más importantes de Roma cuando se encontró con él al salir del lavabo. Sorprendidos, se miraron sin saber qué hacer.

Él estaba como siempre, muy atractivo, aún con esa luz dorada que la había cegado. Pero ya no tenía encanto, pensó.

Angelo apretó los dientes, observando el vestido de satén beige que se ajustaba a su cuerpo como una segunda piel. Francesca se había cortado el pelo en la mejor peluquería de Roma y llevaba una melenita que enmarcaba su cara a la perfección.

Sabía que estaba guapa y no necesitaba que Angelo se lo confirmase.

—Estás increíble. Tengo que reconocerlo, Carlucci ha conseguido sacar lo mejor de ti.

—Perdona, pero no tengo nada que decirte —replicó ella, volviéndose para entrar de nuevo en el salón.

Angelo la sujetó del brazo.

—Espera, Francesca.

—Suéltame.

—No hasta que te diga lo que tengo que decirte. Lo que pasó aquel día con Sonya... lo que me oíste decir, todo era mentira. La clase de mentira que un hombre excitado le dice a una mujer para conseguir lo que quiere.

–¿Y se supone que así voy a sentirme mejor? –preguntó ella, sorprendida.

–No, pero quiero que sepas que nunca estuve ciego. Te deseaba, eras tú la que me tenía de manos atadas con tus confesiones de inocencia.

–Pero querías casarte conmigo porque creías en esa historia de la herencia Gianni, ¿verdad?

–¿Sigues diciendo que no hay herencia? –suspiró Angelo–. Me alegro por ti, *cara*. Mantén a ese bastardo pendiente de ti todo lo que puedas. Tarde o temprano, te hablará de los negocios que tiene con los Gianni... A menos que ya lo sepas, claro.

Francesca se soltó y volvió al salón, al lado de Carlo.

–Muy bien. ¿Qué te ha dicho?

Ella lo miró, sorprendida. ¿La había visto hablando con Angelo?

–Yo no sabía que iba a estar aquí esta noche.

–Ni yo tampoco. Estás pálida, Francesca. ¿Qué te ha dicho?

–Se ha inventado una historia...

–¿Qué historia?

–Si te la cuento conseguirá lo que quería, que dude de ti. Y no pienso hacerlo.

–Muy bien –sonrió Carlo.

Volvieron a casa en silencio y aquella noche hicieron el amor con renovada intensidad.

Exhausta, demasiado débil como para hacer algo más que respirar, Francesca se quedó dormida... pero Carlo la despertó poco después como hacía cada noche.

Era insaciable. Eran insaciables.

# Capítulo 10

A LA MAÑANA siguiente, Francesca despertó con una resaca que no tenía nada que ver con el vino que tomó en la cena. Le dolía todo el cuerpo, por dentro y por fuera.

Necesitó de toda su energía para vestirse e ir a trabajar, pero consiguió hacerlo. El día pasó como otro cualquiera, llevando a los turistas de un sitio a otro, mostrándoles las maravillas de Roma... pero el dolor de cabeza era cada vez más insoportable y tenía un nudo en el estómago.

Cuando volvió al apartamento se encontraba fatal y, después de darse una ducha, se metió en la cama.

Así la encontró Carlo.

—Has vuelto —sonrió ella, adormilada.

—¿Qué te pasa?

—No me encuentro bien. Sólo quiero dormir un poco...

No recordaba nada más, hasta la mañana

siguiente. Carlo, como siempre, se levantó muy temprano.

Después de ducharse, Francesca pasó por delante de su estudio y lo encontró sentado frente al ordenador.

—¿Qué haces?

Carlo llevaba una camisa de color azul pálido y pantalón gris. Y parecía extrañamente serio.

—Trabajando un poco.

—Perdona lo de anoche. Es que me dolía la cabeza.

—Eso dijiste —murmuró él, sin apartar los ojos de la pantalla del ordenador.

Francesca lo miró, sorprendida.

—¿Que te pasa?

—Nada.

—Ah, pues nada... perdona.

—No, espera. Tienes que firmar unos papeles.

—¿Yo? ¿Qué papeles? —preguntó ella, sorprendida.

—Cuentas de banco que he abierto a tu nombre.

—Pero ya te dije que no quería...

—Tienes que firmarlos, Francesca.

—¿Para qué? ¿Para que lleve en el bolso las tarjetas de crédito que le corresponden a la amante de Carlo Carlucci?

–Cuando seas mi esposa recibirás mucho más. Y no eres mi amante, así que no...

–¿No? Eso es lo que le dices a todo el mundo. Además, si firmo esos papeles lo seré. Prefiero ganar mi propio dinero, muchas gracias.

Carlo dejó escapar un suspiro.

–¿Y si te lo pido por favor?

–¿De cuánto dinero estamos hablando?

Él dijo una cantidad y Francesca abrió la boca, perpleja.

–¿Qué? Pero si no podría gastarme todo ese dinero en diez años...

–Podrías acostumbrarte.

–¡No quiero acostumbrarme!

–Firma –dijo Carlo, dejando los papeles sobre la mesa.

Francesca echó un vistazo por encima.

–Has dicho que eran para abrir cuentas bancarias, pero aquí hay una docena de papeles.

–Son cuestiones legales que tienen que ver con tu estancia en este apartamento. Llámalo protección contra...

–Una amante avariciosa.

–No –dijo Carlo–. Para protegerte «a ti» si decido echarte de aquí con lo puesto... que podría pasar si sigues siendo tan testaruda.

–No necesito protección.

—Confía en mí, *cara,* ahora mismo deberías llevar un chaleco antibalas.

Suspirando, Francesca decidió firmar. Iba a hacerlo de todas formas porque confiaba en él. El instinto le decía, quizá equivocadamente, que Carlo no iba a engañarla.

—Ahora puedes dejar tu trabajo.

—No quiero, ya lo sabes.

—Eso no es negociable, Francesca.

—Entonces puedes quedarte con tu dinero. Seguiremos como hasta ahora o no seguiremos en absoluto.

Después, salió del estudio dando un portazo. Unos minutos más tarde, por la ventana, Carlo la observaba salir del garaje en su Vespa, con el pelo al viento. Y, mascullando una maldición, empezó a hacer llamadas.


Francesca iba conduciendo con los dientes apretados. Con el enfado, se había ido de casa sin tomar un café siquiera. Y todo era culpa de Carlo, pensó. Tan arrogante como siempre, sin pedirle opinión para nada, dictándole lo que tenía que hacer...

Francesca conducía, furiosa. Incluso soltó una palabrota en italiano cuando otro motorista le cortó el paso. «Hombre tenía que ser», pensó.

Le dolía la cabeza y tenía náuseas, pero le había prometido a Bianca que iría a trabajar y tenía que hacerlo. Consiguió pasar la mañana como pudo, dando las proverbiales explicaciones sobre cada monumento a los turistas, pero a mediodía tuvo que parar para comer algo.

Aunque quizá lo que debería hacer era tomar un par de analgésicos e irse a dormir. Pero cuando estaba bajando de la Vespa frente a la pizzería que había al lado de la agencia, levantó la mirada y se encontró con Angelo.

–*Ciao,* Francesca. Pensé que te encontraría aquí.

–¿Qué quieres?

–Tenemos que hablar.

–No tenemos nada que decirnos, lo siento.

–No te cases con él –dijo Angelo entonces.

–¿Qué?

–Sé que metí la pata, pero no cometas el error de casarte con Carlucci.

–¿Qué te importa a ti?

–Me importa mucho.

–No voy a casarme con nadie, así que no te preocupes –suspiró Francesca.

–No mientas, *cara.* No está en tu naturaleza. Carlucci me llamó esta mañana para decírmelo. Vais a casaros la semana que viene en la capilla de su *palazzo.*

¡Francesca ni siquiera sabía que hubiera una capilla en el *palazzo!*

—¿Carlo te ha dicho eso?

¿Habría querido darle una sorpresa? ¿Para eso eran los papeles que había firmado por la mañana?

—Llamó para contármelo y para advertirme que si volvía a vernos juntos lo pagaría caro.

De modo que Carlo estaba celoso de Angelo. Eso era nuevo. Con ella se mostraba tan arrogante, tan superior. Y sin embargo...

—Entonces, ¿qué haces aquí? ¿No tienes miedo?

—Sí, pero he descubierto que mi conciencia es más fuerte que mi sentido común —contestó Angelo—. No sabes cómo siento haberte perdido, Francesca. Pero esto no es sobre mí, es sobre ti. No te cases con él. Ese hombre puede hacerte mucho daño.

—No es verdad —murmuró ella—. No pienso seguir escuchándote...

—Es la verdad. No quiere que me acerque a ti porque teme que te lo cuente todo.

—¿Y qué tienes que contarme?

—¿Sigues diciendo que no eres la heredera de la fortuna Gianni?

—Por favor... aunque esa fortuna existiera, Carlo no lo necesita. Tiene más que suficiente.

–Tiene muchísimo dinero, es verdad. Pero invirtió millones en las empresas de tu abuelo y quiere recuperarlo. Te lo juro por mi madre, Francesca. No quiero que te haga daño... Pero si no me crees a mí, habla con tu tío Bruno. Él te lo confirmará. Pregúntale sobre la rivalidad entre los Carlucci y los Gianni; desde que tu madre dejó plantado al padre de él en el altar para casarse con un gigoló inglés.

Francesca apretó los labios. Sentía que la cabeza le iba a estallar.

–Estoy arriesgándome a un enfrentamiento con Carlucci por contarte esto. Y sabes que ese hombre podría arruinar a mi familia si quisiera.

Era verdad. Estaba arriesgando mucho...

–¿Por qué lo haces?

–Porque he descubierto que estoy enamorado de ti, pero tuve que perderte para darme cuenta. ¿Qué vas a hacer, Francesca?

Ella se lo pensó un momento.

–Hablar con mi tío Bruno –suspiró por fin–. Estoy harta de todo esto...

–Te llevaré yo –se ofreció Angelo.

–No hace falta. Iré en mi moto.

–¿Noventa kilómetros en moto? Además, no tienes buena cara.

–Muy bien. De acuerdo –asintió Francesca.

No se sentía con fuerzas para ir en la Vespa

hasta el *palazzo* Gianni y, de todas formas, quería acabar con aquello lo antes posible.

Hora y media después, Angelo detenía el coche frente a la verja de hierro del *palazzo* Gianni. Angelo le había contado muchas cosas que no sabía. Aunque tampoco podría jurar que fueran verdad. Pero si era así...

—¿Cómo es que sabes tantas cosas sobre mi familia?

—Lo sabe media Roma, Francesca. Además, el ama de llaves de tu tío habla con el ama de llaves de mi madre —contestó él.

—Muy bien. Prefiero que el resto me lo cuente mi tío en persona.

—Es lo que debería haber hecho desde el principio.

—Gracias por traerme, Angelo, pero prefiero entrar sola.

—De acuerdo. Te esperaré aquí.

—No hace falta...

—Te esperaré, Francesca. Puede que te alegres de verme cuando salgas.

Ella salió del coche con una premonición. ¿Y si su tío se negaba a verla? ¿Y si se negaba a contestar a sus preguntas?

Entonces vio un coche rojo aparcado frente a la vieja casona de piedra.

El Lamborghini rojo de Carlo.

Furiosa, subió los escalones y llamó a la

puerta. El ama de llaves dio un paso atrás al ver su expresión decidida.

—¿Dónde están? —gritó Francesca, fuera de sí.

—En la sala, *signorina*. Donde se reunió con su tío la última vez que vino a verlo...

Carlo fue el primero en levantarse.

—Francesca...

—Creo que tienes algo importante que decirme, tío Bruno —lo interrumpió ella, sin mirarlo siquiera.

—¿Yo? —preguntó el hombre—. Que yo sepa, no tengo nada importante que decirte.

—Francesca...

—¿Soy o no soy la única heredera de la fortuna Gianni?

—Ahora mismo, no.

—¿Cuando me case?

—¿Estás casada?

—No. No estoy casada ni pienso estarlo. ¿Y por qué no me contestas en lugar de...?

—*Cara,* no conviertas esto un drama —intervino Carlo—. Deja que te explique...

—Dime una cosa, Carlo: ¿cuánto tiempo tardó tu padre en recuperarse del abandono de mi madre?

Él se puso pálido.

—¿Con quién has hablado?

—¿Qué más da? Podría hablar con la mitad

de Roma y todos me dirían lo mismo, por lo visto: mi madre dejó a tu padre para casarse con Vincent Bernard. Y Bruno Gianni es un viejo miserable.

–Ah, esta chica tiene carácter –sonrió su tío–. Carlo, creo que te has metido en un buen lío.

–¿Por qué no me dices lo que quiero saber? –exclamó Francesca.

–Porque tiene las manos atadas por el testamento de tu abuelo –suspiró Carlo–. No puede hablar contigo de ese tema hasta que cumplas los requisitos...

–¿Y cómo voy a cumplirlos si no los conozco?

–Precisamente. Los Gianni no son famosos por hacerle la vida fácil a los demás.

–¿Ah, sí? ¿Quieres que hablemos ahora de tus acciones, Carlo? –preguntó ella entonces, sarcástica.

–¿Con quién has hablado, Francesca?

–¿Batiste? –preguntó su tío.

–No se atrevería. Le advertí que... ¿cómo has llegado hasta aquí? No pareces haber hecho noventa kilómetros en Vespa.

–He venido y punto –replicó ella.

–Has venido con Batiste –dijo Carlo entonces, con los dientes apretados–. ¡Has venido con él!

—A lo mejor Angelo me quiere después de todo...

—¿Has venido con él? —gritó Carlo, fuera de sí.

Francesca decidió disfrutar del espectáculo.

—Si tú me confiesas tus pecados, es posible que yo te confiese los míos.

—¡Yo no tengo ningún pecado que confesar!

—¡Me has mentido! Me has hecho el amor durante estas semanas como si yo fuera alguien especial para ti, pero sólo querías el dinero.

—Me confundes con Batiste, Francesca. Otra vez.

—¿Estás diciendo que no tienes acciones en empresas de mi abuelo?

—*Cara*...

—¡No te acerques a mí! ¿Qué he firmado esta mañana?

Carlo la miró, muy serio.

—Has firmado una condena, Francesca. Puedes casarte con quien te dé la gana, pero yo controlaré tu fortuna.

Ella apretó los dientes. Debería haberlo imaginado. Traidor...

—Muy bien. Entonces, no me casaré.

—Si no quieres la fortuna de tu abuelo, lo único que tienes que hacer es no casarte con un italiano de buena familia –intervino su tío Bruno.

–¡No te metas en esto, Bruno! –gritó Carlo–. No debes hablar de ello.

–Es absurdo mantenerlo en secreto si Francesca no tiene deseos de heredar.

–Ah, claro, y así tú seguirás viviendo aquí gratis, ¿no? –replicó ella.

–Cierto. Hasta que me muera. Entonces el dinero irá a obras benéficas.

–Pues buena suerte. Espero que disfrutes de tu soledad lo que te queda de vida, tío Bruno.

Después se dio la vuelta y salió del salón.

«Se acabó», pensaba. Estaba harta de todo. Se iría de Roma. Volvería a Inglaterra y jamás volvería a pisar suelo italiano.

# Capítulo 11

CARLO no intentó seguirla y Francesca no sabía si eso le dolía o era un alivio. Aun así, había lágrimas en sus ojos mientras salía de la casa.

Angelo estaba apoyado en el coche cuando atravesó la verja, esperando.

–¿Dónde vamos? –preguntó, abriendo la puerta.

Ni siquiera le preguntó si Carlo y Bruno habían confirmado lo que él le dijo. Pero no hacía falta; estaba seguro de que era la verdad.

–A Roma. Tengo que hacer la maleta.

–¿Y luego?

Francesca se encogió de hombros.

–Me da igual.

–¿Por qué no vamos a mi casa?

–A Roma, Angelo, por favor.

Hicieron el trayecto sin decir una sola palabra y cuando llegaron al apartamento, Francesca le dio las gracias.

–No puedo dejarte aquí y marcharme sin más. Sube a hacer la maleta, te esperaré. Luego podrías quedarte conmigo mientras...

–Lo siento, Angelo. Pero sea lo que sea lo que esperas ganar con esto, no voy a ser yo.

–No quería decir...

–Sé exactamente lo que querías decir, *caro* –lo interrumpió ella, saliendo del coche.

–Estás enamorada de él, ¿verdad?

–Sorpresa, sorpresa –rió Francesca, amargada.

–Lo siento.

–¿Qué sientes? ¿Haberme abierto los ojos? No lo sientas, es lo mejor.

Media hora después se había dado una ducha y, envuelta en un albornoz blanco, empezó a hacer la maleta. Pero cuando empezaba a guardar sus cosas se sentó en la cama... y se puso a llorar.

Afortunadamente, Carlo llegó cuando el ataque de llanto se le había pasado. Se quedó en la puerta, mirándola.

–¿Dónde vas? –preguntó por fin.

–A un hotel por ahora. Y luego a Inglaterra, donde pienso quedarme para siempre.

–¿Vas a buscar un marido inglés sólo para vengarte de mí?

–Tú lo has dicho.

–No voy a detenerte, Francesca.

–No quiero que lo hagas –replicó ella, sin mirarlo.

–Pero no permitiré que esto termine así.

–Porque quieres recuperar tu dinero, ¿no? –murmuró Francesca, mientras guardaba unas camisetas sin darse cuenta de lo que hacía.

–Lo del dinero no tiene nada que ver.

–Como el control de mi fortuna, claro. Tampoco tiene nada que ver.

–Necesitabas protección...

–¿De quién? –se volvió ella, fulminándolo con la mirada–. La única persona de la que necesito que me protejan es de ti. Confié en ti, Carlo. Confié en ti del todo, pensé que eras un hombre honesto.

–Soy un hombre honesto –dijo él–. ¿Quieres saber por qué estoy contigo?

–No, ya no quiero saber nada. Ya no voy a creerme nada. No te molestes.

Zapatos, le faltaban sus zapatos, pensó, yendo al vestidor a buscarlos.

Pero cuando volvió, la puerta del dormitorio estaba cerrada con llave y su maleta había desaparecido. Francesca se quedó mirándolo, con los puños apretados.

–Has dicho que no ibas a detenerme.

–He cambiado de opinión.

–¿Alguna razón especial? –preguntó ella, irónica.

–El sexo es una buena razón para mí, *cara*. Pero creo que tendré que convencerte...

–¿No pensarás...?

Carlo se pasó una mano por el pelo.

–No, claro que no. Francesca, no soy tu enemigo. Nunca lo he sido. Bruno me llamó en cuanto supo que ibas a casarte con Batiste...

–¡Bruno es peor que tú!

–Piensa lo que quieras, pero deja que te explique...

–No.

–Por favor, Francesca.

–Muy bien. Dame una explicación convincente, Carlo.

Él respiró profundamente.

–Los Batiste tienen serios problemas económicos y necesitaban una fuente de ingresos lo antes posible porque se los comen los acreedores...

–No hables de los Batiste, eso ya da igual.

–Sigues enamorada de él...

–No estoy enamorada de Angelo –suspiró Francesca.

–Has dicho su nombre.

–¿Cuándo?

–En sueños –contestó Carlo.

–¿Qué?

–Hacías el amor conmigo, pero susurrabas

su nombre en sueños. Y si piensas que voy a dejar que vuelvas con él sin hacer algo para protegerte de ese canalla...

−¿Quieres decir que... he firmado todos esos papeles porque pensabas que iba a volver con Angelo?

−Le dije esta mañana que no tocaría un céntimo de tu dinero. Pero está claro que no me creyó.

−También le dijiste que íbamos a casarnos.

−¿Por qué no? ¿Esperabas que te dejase ir sin luchar? Quiero casarme contigo, Francesca.

Ella enterró la cara entre las manos.

−No sé, Carlo. Ya no entiendo nada. Desde que te conocí estoy...

−Como yo −suspiró él−. Desde la primera vez que te vi me enamoré de tal forma que no podía pensar en otra cosa. Pero tú ni siquiera te fijaste en mí. Estabas tan loca por ese imbécil...

−Me fijé en ti, te lo aseguro. Soñaba contigo y me sentía culpable porque no lo entendía.

−No tienes que decirme eso, no necesito que...

−Es la verdad. Me decía a mí misma que no me gustabas, que no me caías bien, pero... nunca había sentido nada así por un hombre.

Carlo la tomó por los hombros.

–Bésame.

Y Francesca lo hizo. Se puso de puntillas y lo besó con toda su alma. Y lo besó mientras caían en la cama, y lo besó mientras se quitaban la ropa, y lo besó mientras se colocaba encima para hacerle el amor con una pasión salvaje que lo mantuvo prisionero.

–Nos casamos la semana que viene –la informó Carlo mucho después.

–¿En la capilla del *palazzo?*

Él hizo una mueca.

–Voy a tener que convencer a Batiste para que no se meta en mis asuntos.

–¿Mi madre se habría casado con tu padre en esa capilla?

Carlo dejó escapar un suspiro.

–Muy bien, voy a explicártelo de una vez. Escucha atentamente porque ahora mismo me apetece hacer algo más que hablar de otras personas –dijo, incorporándose–. Nuestros padres llegaron a un acuerdo porque la empresa Carlucci necesitaba una buena inversión y tu abuelo quería un marido para tu madre. A ella no le hizo gracia el arreglo y cuando se enamoró de tu padre, se negó a casarse con nadie que no fuera Vincent Bernard. Entonces fue un escándalo, especialmente cuando quedó embarazada... Para entonces el dinero ya estaba en la empresa de tu abuelo y él se negaba a devolverlo. Hemos estado en la lista negra de los Gianni desde entonces... y ellos en la nuestra, claro, hasta que le dijiste a Bruno que ibas a casarte con Batiste, un chico italiano de buena familia. De repente, un Gianni necesitaba a un Carlucci y Bruno pensó que podríamos hacer un trato.

–Entonces me buscaste por el dinero, es verdad –murmuró Francesca.

–No, te busqué porque me había enamorado de ti. Puedes quedarte ese dinero para siempre, es tuyo, yo no voy a tocar un céntimo... Mientras también te quedes conmigo –dijo Carlo, acariciando su pelo–. Te quiero, tú me quieres a mí, tu tío abuelo está muy contento porque prometí no echarlo de la casa...

–¿Tú? Creo recordar que esa casa es mía.

Carlo soltó una carcajada.

–Sí, es tuya. Es verdad. Toda tuya.

–¿Y Angelo?

–Angelo estará contento porque no voy a hacer nada contra su familia mientras se olvide de tu nombre... Y ahora, ¿quieres que te prepare el baño, *carina*?

Francesca empezó a reír. A reír con ganas por primera vez en mucho tiempo. ¿Cómo iba a soportar la arrogancia de aquel hombre durante toda su vida?

–No, el baño puede esperar. Creo que aún tenemos cosas que hacer en la cama.

Carlo sonrió.

–Cuando te vi, supe que estábamos hechos el uno para el otro –murmuró, buscando sus labios.

# Acepte 2 de nuestras mejores novelas de amor GRATIS

## ¡Y reciba un regalo sorpresa!

## Oferta especial de tiempo limitado

**Rellene el cupón y envíelo a**

**Harlequin Reader Service®**

3010 Walden Ave.

P.O. Box 1867

Buffalo, N.Y. 14240-1867

**¡Sí!** Por favor, envíeme 2 novelas de amor de Harlequin (1 Bianca® y 1 Deseo®) gratis, más el regalo sorpresa. Luego remítanme 4 novelas nuevas todos los meses, las cuales recibiré mucho antes de que aparezcan en librerías, y factúrenme al bajo precio de $3,24 cada una, más $0,25 por envío e impuesto de ventas, si corresponde*. Este es el precio total, y es un ahorro de casi el 20% sobre el precio de portada. ¡Una oferta excelente! Entiendo que el hecho de aceptar estos libros y el regalo no me obliga en forma alguna a la compra de libros adicionales. Y también que puedo devolver cualquier envío y cancelar en cualquier momento. Aún si decido no comprar ningún otro libro de Harlequin, los 2 libros gratis y el regalo sorpresa son míos para siempre.

416 LBN DU7N

| Nombre y apellido | (Por favor, letra de molde) | |
| --- | --- | --- |
| Dirección | Apartamento No. | |
| Ciudad | Estado | Zona postal |

Esta oferta se limita a un pedido por hogar y no está disponible para los subscriptores actuales de Deseo® y Bianca®.

*Los términos y precios quedan sujetos a cambios sin aviso previo.

Impuestos de ventas aplican en N.Y.

SPN-03                    ©2003 Harlequin Enterprises Limited

# Bianca®...
## la seducción y fascinación del romance

### No te pierdas las emociones que te brindan los títulos de Harlequin® Bianca®.

¡Pídelos ya! Y recibe un descuento especial por la orden de dos o más títulos.

| | | | |
|---|---|---|---|
| HB#33547 | UNA PAREJA DE TRES | $3.50 | ☐ |
| HB#33549 | LA NOVIA DEL SÁBADO | $3.50 | ☐ |
| HB#33550 | MENSAJE DE AMOR | $3.50 | ☐ |
| HB#33553 | MÁS QUE AMANTE | $3.50 | ☐ |
| HB#33555 | EN EL DÍA DE LOS ENAMORADOS | $3.50 | ☐ |

(cantidades disponibles limitadas en algunos títulos)

| | |
|---|---|
| **CANTIDAD TOTAL** | $ _____ |
| **DESCUENTO: 10% PARA 2 Ó MÁS TÍTULOS** | $ _____ |
| **GASTOS DE CORREOS Y MANIPULACIÓN** | $ _____ |
| (1$ por 1 libro, 50 centavos por cada libro adicional) | |
| IMPUESTOS* | $ _____ |
| TOTAL A PAGAR | $ _____ |
| (Cheque o money order—rogamos no enviar dinero en efectivo) | |

Para hacer el pedido, rellene y envíe este impreso con su nombre, dirección y zip code junto con un cheque o money order por el importe total arriba mencionado, a nombre de Harlequin Bianca, 3010 Walden Avenue, P.O. Box 9077, Buffalo, NY 14269-9047.

Nombre: _____

Dirección: _____ Ciudad: _____

Estado: _____ Zip Code: _____

Nº de cuenta (si fuera necesario):_____

*Los residentes en Nueva York deben añadir los impuestos locales.

## Harlequin Bianca®

CBBIA3

# BIANCA.

**¿Por qué deseaba seguir casado con ella si ya no la necesitaba?**

Enrico DiRinaldo seguía queriendo una esposa e hijos a pesar de que un accidente le había impedido volver a caminar. Por eso le propuso a Gianna Lakewood un matrimonio de conveniencia. Ella también había deseado siempre tener un hijo, y llevaba años enamorada en secreto de Rico. Así que no podía decir que no...

La pasión que Rico despertó en ella la dejó sin aliento. Pero cuando se dio cuenta de que la recuperación de Rico era inminente, y de que su bella ex prometida lo esperaba para casarse, Gianna creyó que él ya no querría nada con ella.

# EN EL DOLOR Y EN EL AMOR

## Lucy Monroe

# Deseo ®

## UN MATRIMONIO CONVENIENTE

### Sara Orwig

Gabriel Brant iba a romper una enemistad que se había alargado durante generaciones al proponerle matrimonio a Ashley Ryder. Le había ofrecido un trato que los beneficiaría a ambos... él conseguiría la tierra que necesitaba para su ganado y Ashley tendría un padre para su futuro hijo. Pero no había previsto que los besos de Ashley pudieran derribar el muro que había erigido alrededor de su corazón...

Ashley había fantaseado con Gabe cuando era niña, pero no confiaba en que su ambicioso vecino cumpliera con su palabra después de tener las tierras que necesitaba.

**Él hacía que le temblaran las piernas y se le acelerara el pulso, pero eso no significaba nada...**